外国动漫人物创作技巧
续集

史建期 著

上海远东出版社

图书在版编目(CIP)数据

外国动漫人物创作技巧续集/史建期著. —上海：上海
远东出版社，2010

ISBN 978-7-5476-0121-1

Ⅰ．外… Ⅱ．史… Ⅲ．动画：人物画—技法(美术)
Ⅳ．J218.7

中国版本图书馆 CIP 数据核字(2009)第 229227 号

策　　划：黄政一
责任编辑：黄政一
封面设计：李　愿
版式设计：李如琬
责任制作：李　昕

外国动漫人物创作技巧续集

著者：史建期

出版：上海世纪出版股份有限公司远东出版社
地址：中国上海市仙霞路 357 号
邮编：200336
网址：www.ydbook.com
发行：新华书店上海发行所　上海远东出版社
制版：南京前锦排版服务有限公司

印刷：上海望新印刷厂
装订：上海望新印刷厂

版次：2010 年 1 月第 1 版
印次：2010 年 1 月第 1 次印刷
开本：787×1092　1/16
字数：50 千字
印张：12.25　插页 4
印数：1—4250

ISBN 978-7-5476-0121-1/J·54　　定价：30.00 元

序 言

随着现代传媒技术的发展，动画和漫画之间的联系日趋紧密，人们普遍将两者合称为"动漫"。

动漫作为美术的一部分，从艺术的角度展示人类文化与文明，在青少年中拥有众多爱好者。

现在，人们经常提到"动漫产业"。所谓动漫产业，是指以"创意"为核心，以动画、漫画为表现形式，包含动漫图书、报刊、电影、电视、音像制品、舞台剧和基于现代信息传播技术手段的动漫新品种等动漫直接产品的开发、生产、出版、播出、演出和销售，以及与动漫形象有关的服装、玩具、电子游戏等衍生产品和经营产业。

虽然动漫产业的发展在我国还处于起步阶段，但是已经取得了可喜的成绩。中国有广阔的动漫市场。

动漫产业需要大量的动漫人才，这其中也不乏大量自学成才的青少年朋友。"条条大路通罗马"，无论通过何种途径成才，首要的条件是对动漫事业的热爱。在学习动漫绘画的过程中，应尽量少走弯路；同时，还需要付出大量辛勤的汗水，才能逐步实现心中的动漫梦想。

动漫创作的绘画基本功，要求作者具有十分熟练的造型能力。这种能力需要经过大量的临摹、默写以及写生的练习来获得（本书提供了许多动漫造型，就是供临摹使用）。在动漫绘画技巧中，用线条造型的能力是最基本的功力，也是最快捷有效的方法；其他如明暗、色彩等，都是在线条造型的基础上完成的。因为，从原始时代开始，线条就是人类最本能的表达形式。古希腊的瓶画和中国的传统绘画，都是以线条为主。19世纪法国的绘画大师安格尔，毕生追求线条的干净、精致和美，他说："线条就是一切。"由此可见线条对于造型艺术的重要性。

线条造型便于形象记忆，有利于默写能力的提高。创作动漫，对形象默写的能力有很高的要求，不具备这种能力的人，其创作水平也很难得到提高。临摹，是形象记忆很好的手段，但不是最终目的。临摹是为了"打进去"，最终的目的还是为了"打出来"，创作出属于自己的新的动漫形象。

在掌握动漫造型能力的同时，还需要研究不同时代、身份的人物造型的特点以及各种动、植物的特征等。各类相关的历史、人文知识也需要在平时不断地学习、积累（本书简单介绍了一些相关的知识，其用意也在于此）。

基础练习是非常重要的。当你基本掌握了线描造型的能力，就应该将你心中的所思所想表现在你的稿纸上。经过这样反复练习，自然就会离你心中的动漫梦想越来越近。

创作实践，是提高动漫创作能力最有效的途径。要大胆向一些动漫报刊、杂志投稿，不要惧怕退稿、不要惧怕一时的失败。

如果成功真的有"秘诀"，那就是"持之以恒"。

史建期

2009.10.28

目 录
CONTENTS

技法篇

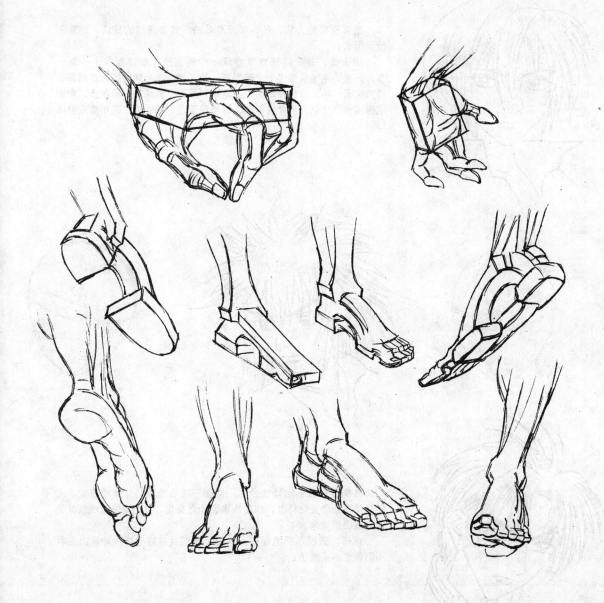

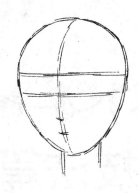

整体观察的方法，是科学而有效的；线条描绘的技法，是简明而实用的。

画头像，首先应把对象看成一个椭圆形（整体观察）。第一步，先用铅笔线条画出一个椭圆形；第二步，画出辅助线并点出鼻、嘴的位置；第三步，画出头发及眼睛、眉毛、耳朵等；第四步，用钢笔墨线仔细将动漫形象勾画出，等墨线干后，将铅笔印迹用橡皮擦掉即可。

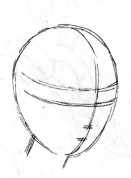

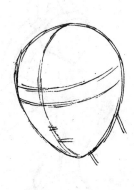

在椭圆形上画出辅助线后，椭圆形就会给我们立体的感觉，人物头像不断地变化角度，辅助线也会随之变化，我们要注意观察其变化，找出规律来。

这样，通过不断地观察、练习，我们就能随心所欲地画出各种不同角度的头像了。

线条是人类最本能的表达形式。线条能最直接、明确地表现对象。掌握用线条表现对象的工夫，对我们今后的创作会有极大的帮助。

西方绘画大师安格尔说："线条就是一切。"

美少女飘然的长发，最能体现线条
自身的魅力。
　　画头发的时候，要分清层次、区别
主次，注意线的韵律、节奏，切忌画得
凌乱。

准备一个速写本，平时看到画功比较好的动漫作品，就动手临摹下来，不用画得很细致，主要精力要放在大的动态上。

经常以速写的方式来临摹动漫形象，可以提高我们的造型能力。

我们要画一个动漫人物造型，可以先画一些小的人物草图，在对小草图比较满意的基础上，再放大详细绘制。
如果在心中没数的情况下就直接画大图，改来改去反而效果不好。

通过观察圆柱体的透视变化，可以帮助我们理解人物造型的透视变化。

近大远小是绘画透视的基本规律。

设计复杂一些的人物动作，更应
该在小草图上多花一些工夫。对人体
基本的结构要心中有数，特别是对人
体的透视规律要弄清楚。只有这样，
画起来才能事半功倍。

正面、侧面、俯视、仰视等，各种不同角度的头像，我们都要练习、掌握；喜悦、愤怒、惊讶、沉默等各种不同表情的头像，我们也要练习、掌握。

熟能生巧，请多动脑思考、多动手临摹。

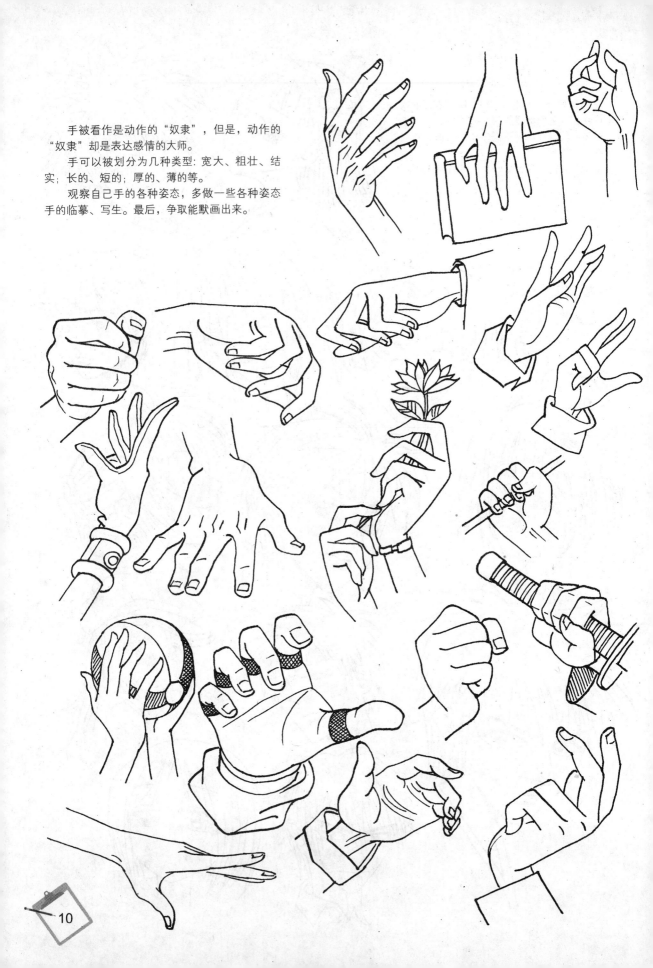

手被看作是动作的"奴隶",但是,动作的"奴隶"却是表达感情的大师。

手可以被划分为几种类型:宽大、粗壮、结实;长的、短的;厚的、薄的等。

观察自己手的各种姿态,多做一些各种姿态手的临摹、写生。最后,争取能默画出来。

手和脚，我们可以把其看成是楔形（整体观察），但在结构上却有区别。从以下图例中我们可以看到，手指独立于楔形之外，动作千变万化。脚趾排列紧密，变化也不大。手的型块宽而平，呈刮铲型。手指窄薄，手掌宽厚，通过腕与前臂相连。脚后跟呈很高的三角形。脚的型块后高前低，如一陡坡自后跟处降至脚趾。

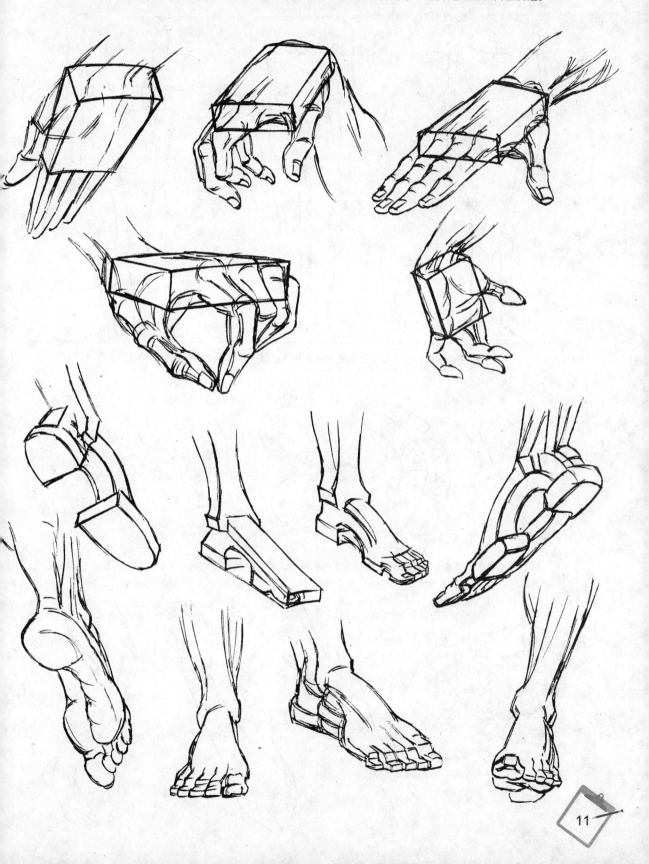

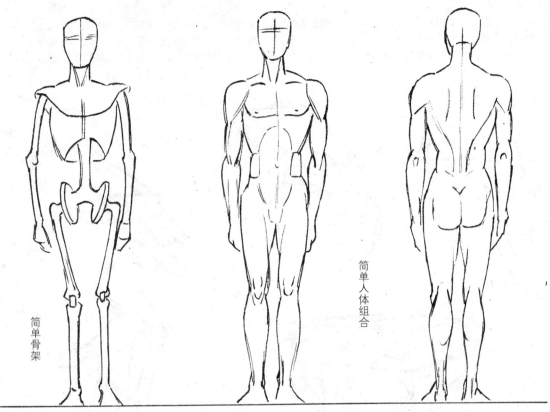

简
单
骨
架

简
单
人
体
组
合

开始学画人体，应该先从了解简单骨架开始。进一步，应了解简单肌肉组合。

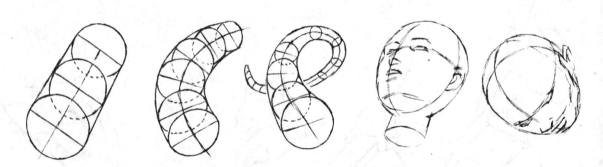

不论形体多么复杂，我们都可以通过画连续的断面，并把它们连接起来。这样，可以帮助我们理解形体的透视。

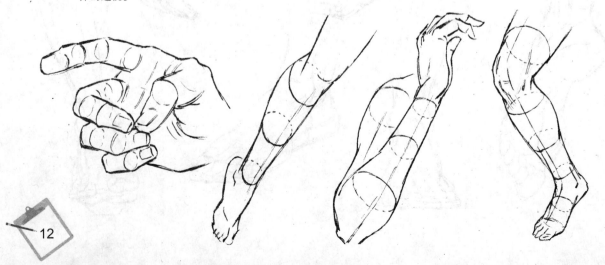

把复杂的人体简单化，可以帮助我们理解、记忆人体的结构。在此基础上，多研究、练习人体的各种动态，找出其中的规律，对我们今后的创作会大有益处。

开始画全身的动漫人物，应先从直立的人物开始。

　　可以先画一个同样人物的简略人体，在这个简略人体的基础上再添加衣服。用这样的方法，可以让我们做到心中有数，画出的动漫人物会比较丰满。因为，服装上的衣纹是依附于人体的结构、动态所产生的，所以，开始阶段不要怕麻烦。

　　正确的方法，可以使我们少走弯路。

在画动漫人物组合练习时，应注意研究人物之间的组合关系，如前后、高低、主次等。

人物组合关系，最忌平均分配。

学习动漫，应该把眼界放开一些，要临摹不同风格的动漫造型。对于自己比较喜欢的风格，可以多用一些精力去学习。

各种不同风格的动漫形象，会有一些异同之处，请在临摹时用心体会。

整页临摹一些优秀的动漫作品也是很有必要的，主要目的是学习这些作品构图、创作的技巧。应以画草图的方法进行临摹，边画边研究这些作品是如何排列画面的，是如何使用电影"分镜头"手法的。

当我们掌握了一些不同的创作手法之后，自己不妨也动手编创一些动漫作品，进行一些创作尝试。

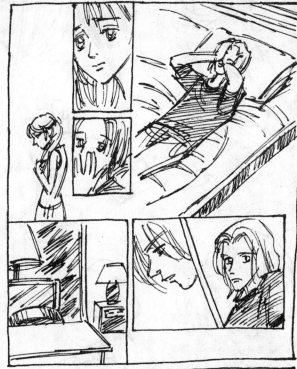

我们在练习画动漫人物时，下笔不要犹豫，尽量做到肯定，当一笔没画准，可以再重复加一笔，这样画出来的线条会比较有精神。如此久而久之，造型的能力就会提高，真正做到下笔有神。

文化篇

爵士乐

　　爵士乐是19世纪末在美国新奥尔良首先发展起来的。爵士乐形成的主要来源是布鲁斯和拉格泰姆。布鲁斯的原意是哀怨、忧郁之意，是从黑人的劳动号子演变而来，大部分的布鲁斯的歌词内容是以反映黑人的生活为主。拉格泰姆音乐形式与布鲁斯没有根本的区别，其最明显的区别是拉格泰姆似乎比较"有修养"。当美国黑人音乐家用管乐队形式演奏布鲁斯或拉格泰姆时，一种新的音乐形式就诞生了，这就是爵士乐。

通俗音乐

通俗音乐起源于美国的爵士乐。20世纪初，美国出现了一种由多民族文化汇集而成的爵士音乐。这种新兴音乐，以它独特的演奏（演唱）方式，刷新了听众的耳目，轰动了美国，又很快传遍西欧各国。

通俗音乐是与严肃音乐相对而言的，对于听众来说，其形式短小、通俗、唱起来上口，容易理解。通俗音乐作为一种以消遣娱乐为主的大众文化现象，其发展和社会发展的脉络息息相关，俨然已成为日常生活的一部分。

迈克尔·杰克逊（1958—2009）是流行文化象征性的人物，是一位在世界各地极具影响力的歌唱家、作曲家、作词家、舞蹈家、唱片制作人、慈善家以及时尚引领者，深深影响并推动了流行音乐的发展，被誉为流行音乐之王。他开创了现代MV，单曲《Thriller》的音乐录像带为全球第一支现代MV，被誉为全世界"最伟大的音乐录像带"。

23

迈克尔·杰克逊拥有世界销量第一的专辑《Thriller》，销量超过1.04亿张，其正版专辑全球销量已超过7.5亿张，被载入"吉尼斯世界纪录大全"。他是音乐史上第一位在美国以外卖出上亿唱片的艺术家。他魔幻般的舞步更是让无数的明星效仿。2006年，吉尼斯世界纪录颁发了一个最新认证：世界历史上最成功的艺术家！

他一个人支持了世界上39个慈善救助基金会，保持着2006年的吉尼斯世界个人慈善纪录，是世界上以个人名义捐助慈善事业最多的人之一。

麦当娜，1958年8月16日出生在美国密歇根州海湾城的天主教家庭。在麦当娜只有5岁时，母亲因患乳腺癌去世，遗留下麦当娜及其5个兄弟姐妹。后来，父亲再婚并生有两个孩子。父亲要求自己所有的孩子都接受音乐训练。在上了一个时期的钢琴课之后，麦当娜央求父亲答应她改上芭蕾课，很快她就证明自己是天生的舞者。

1979年，麦当娜作为一名舞者参加了法国迪斯科之星的巡回演唱会，之后便放弃了自己刚刚起步的舞蹈生涯，开始追逐音乐的梦想。

至今，麦当娜已深深影响了流行乐的发展，"流行天后"简直成了麦当娜的专有名词。身为"摇滚女王"，麦当娜给摇滚乐注入了新的活力，全世界的人们无数次为她疯狂。人们公认她是最红、最成功的歌手之一。

国际标准舞

　　国际标准舞起源于古代土风舞，经历对舞、圈舞、行列舞、集体舞等演变过程，并与欧洲贵族在宫廷举行的交谊舞会结合，成为流传广泛的社交舞。法国大革命后在民间开始流行。第二次世界大战后，美国人将该舞蹈散播到全球各地。

　　经历一百多年的发展，"社交舞"从"社交"发展为"竞技"，将单一的舞种发展为摩登舞、拉丁舞两大系列的十个舞种，并在1904年成立了"英国皇家舞蹈教师协会"。

　　"英国皇家舞蹈教师协会"这个组织，将当时欧美流行的舞姿、舞步、方向等整理成统一标准，制定了有关舞蹈理论、技巧、音乐、服装等竞技的标准，公布为"国际标准交谊舞舞厅舞"（简称"国标舞"），为世界各国所遵循，英国的黑池甚至成了"国标舞"的圣地。目前，世界各国将国际标准舞易名为"体育舞蹈"，欲将舞蹈运动纳入体育运动项目。拥有74个会员国的"国际舞蹈运动总会"于1997年9月4日正式成为国际奥林匹克委员会会员。

芭蕾舞

　　"芭蕾"起源于意大利,兴盛于法国。"芭蕾"一词本是法语ballet的英译,意为"跳"或"跳舞"。芭蕾最初是欧洲的一种群众自娱或广场表演的舞蹈,其主要特征是女演员要穿上特别的足尖鞋立起脚尖起舞。

　　作为一门综合性的舞台艺术,芭蕾于17世纪在法国宫廷形成。1661年法国国王路易十四下令在巴黎创办了世界第一所皇家舞蹈学校,确立了芭蕾的五个基本脚位和七个手位,使芭蕾有了一套完整的动作和体系。从1581年法国演出《皇后的喜剧芭蕾》至今四百年,芭蕾舞已遍及全世界,被公认为人类文化遗产的重要部分,成为世界性的艺术,五大洲的众多国家都建立了专业的芭蕾舞学校和芭蕾舞演出团体。许多国家逐步形成自己的风格特色,在芭蕾舞的艺术表现上不断出现新的探索和创造。

现代舞

现代舞是20世纪初在西方兴起的一种与古典芭蕾舞相对立的舞蹈派别。主张摆脱古典芭蕾舞过于僵化的动作程式的束缚，以合乎自然运动法则的舞蹈动作，自由地抒发人的真实情感，强调舞蹈艺术要反映现代社会生活。

它的最鲜明特点是反映现代西方社会矛盾和人们的心理特征，故称为现代舞。美国现代主义舞蹈家海伦·汤米尼斯概括现代舞的与众不同之处在于："不存在普遍的规律，每一个艺术家都在创造自己的法典。"

31

街 舞

（英文名字HIPHOP，"breakindance"）

街舞最早起源于美国纽约，是爵士舞发展到上世纪90年代的产物，它的动作是由各种走、跑、跳组合而成，极富变化。并通过头、颈、肩、上肢、躯干等关节的屈伸、转动、绕环、摆浪、波浪形扭动等连贯组合而成的，具有协调人体各部位肌肉群、塑造优美体态，提高人体协调能力，陶冶美感的功能。

街舞是美国黑人由一种发泄情绪的运动演绎成的街边文化，特色是爆发力强，在舞动时，肢体所做的动作亦较其他舞蹈夸张。最吸引人之处，是以全身的活力带来热情澎湃的感觉。

以动作为标准，街舞分两大类：HIP-HOP和Breaking。

街舞一般可以分为两种，一种是个人的技巧街舞。个人技巧街舞是最早流行的一种街舞，因为它能体现年轻人精力旺盛的一面，他们的很多地面动作，譬如说翻滚、倒立、弹跳都是比较高技巧的个人街舞表演。另外一种就是集体街舞，它反映了大众的需要，跳起来比较简单，节奏感比较强，它既有舞蹈的感觉又有健身的作用，是目前比较流行的街舞形式。

35

新艺术

　　新艺术本质上表现为一种装饰倾向或潮流，一种强调曲线的装饰价值的二维装饰风格，因而十分适合图形艺术。新艺术风格造就了一大批杰出的图形设计师，如比亚兹莱、穆沙、埃克曼、克里姆特和布拉德利等。

　　从穆沙的作品中我们可以看到：蜿蜒的鞭绳线条、枝茎细软的花朵和长发飘动的女子构成了穆沙的图形特征。

37

西方新艺术运动，是19世纪后期在英国出现的设计改革运动。

新艺术设计从日本的木刻、扇子及刺绣中吸取了大量灵感；同时，它还吸收了哥特式建筑和罗可可建筑的设计因素。哥特式、罗可可式和日本艺术是新艺术的三大源泉。

线条是新艺术设计的基石。新艺术的线条是微妙的、大胆的、流动的、弯曲的、起伏的和生动的。新艺术设计师们运用线条的召唤力和象征性来传达节奏力和生命力。

在新艺术设计中，无论是物体的形状，还是物体的表面装饰，都以流畅、优雅、波浪起伏的线条为主。色彩纹理从属线条特征，配色柔和，微妙地形成对比和交织。

比利时新艺术设计师范德维尔德指出："线条是一种力量。"

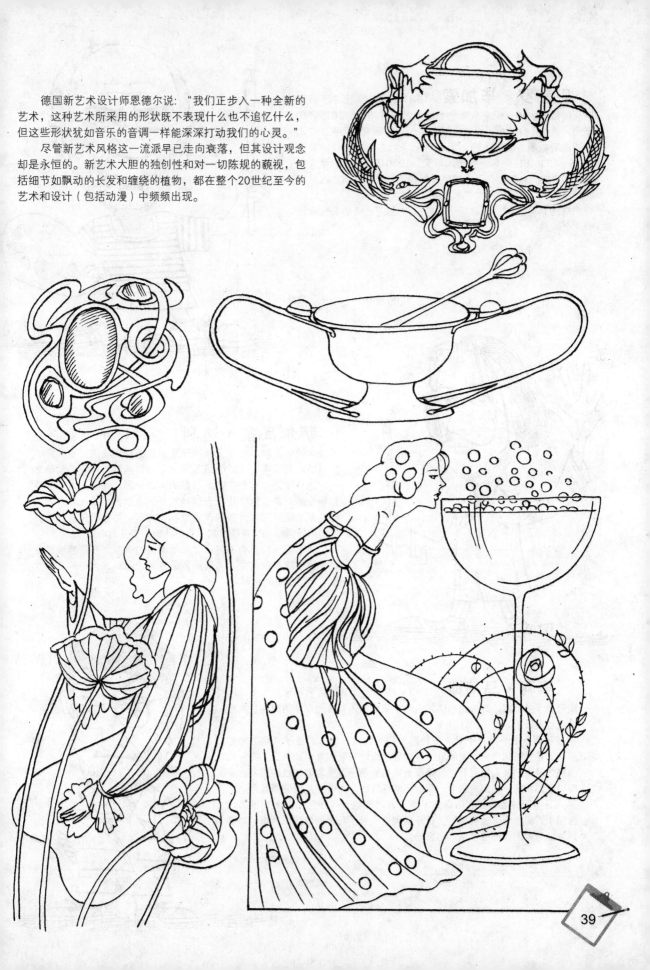

德国新艺术设计师恩德尔说："我们正步入一种全新的
艺术，这种艺术所采用的形状既不表现什么也不追忆什么，
但这些形状犹如音乐的音调一样能深深打动我们的心灵。"

尽管新艺术风格这一流派早已走向衰落，但其设计观念
却是永恒的。新艺术大胆的独创性和对一切陈规的藐视，包
括细节如飘动的长发和缠绕的植物，都在整个20世纪至今的
艺术和设计（包括动漫）中频频出现。

巴勃罗·毕加索（1881—1973）出生于西班牙马加拉。从19世纪末从事艺术活动，一直持续到20世纪70年代，是最具有影响力的现代派画家。一生画法和风格迭变。早期画近似表现派的主题；后注目于原始艺术，简化形象。1915—1920年，画风一度转入写实。1930年又明显的倾向于超现实主义。晚期制作了大量的雕塑和陶器等，亦有杰出的成就。他的作品对现代西方艺术流派有很大的影响。

毕加索与达利、马蒂斯一起被认为是20世纪最有代表性的三个画家。

毕加索漫画像

达利漫画像

萨尔瓦多·达利（1904—1989）超现实主义绘画大师级人物。出生于西班牙东北部的加泰隆尼亚省的菲格拉斯城。超现实主义绘画是现代文艺中影响最为广泛的运动之一，达利作为该运动在美术领域的主要代表，一直是人们关注和争论的对象。他惯用不合逻辑地并列事物的方法，将自己内心荒诞、怪异加入外在的客观世界，将人们熟悉的东西扭曲变形，再以精细的写真技术加以肯定，使幻想具有真实性。

达利是一位具有卓越天才和想象力的画家，在把梦境的主观世界变成客观而令人激动的形象方面，他对20世纪的艺术作出了严肃认真的贡献。

亨利·马蒂斯（1869—1954）是法国著名画家，生于法国南部勒卡多小镇，野兽派的创始人和主要代表人物，他以使用鲜明、大胆的色彩而著名。

马蒂斯是一个善于吸取各种艺术门类的优点的人，他研究东方地毯和北非景色的配色法，发展成一种对现代设计有巨大影响的风格。在他的一些作品中，我们能够看见马蒂斯把眼前的景色改变为装饰性的图案，在鲜艳色彩和简单轮廓的画中，我们还能够看出儿童画的某些装饰效果。

马蒂斯的老师奥古斯塔夫·莫罗曾对他说过"在艺术上，你的方法越简单，你的感觉越明显"。正是这句话引导了马蒂斯的绘画风格，对他终生的艺术创作产生了深远的影响。

马蒂斯漫画像

时 装

时装有两个基本的含义：一是指式样最新的服装；二是指当代通行的服装，跟"古装"相对应。

款式新颖而富有时代感的服装，时间性强，每隔一定时期流行一种款式。采用新的面料、辅料和工艺，对织物的结构、质地、色彩、花型等要求也较高。讲究装饰、配套。在款式、造型、色彩、纹样、缀饰等方面不断变化创新、标新立异。

所谓时尚，其实是一种共性追求，而绝非完全个人化的独家标榜。只有经得住时间考验的才是真正的时尚。

世界顶级时装秀主要在巴黎、伦敦、米兰、纽约定期举行。时装秀一般分为定制、成衣、男装三大类。

世界一些著名的服装团体，如法国时装工业协调委员会、德国的国际衣料博览会，以及国际羊毛局等，每年一般分两次发布18个月以后的服装流行趋势。

时装的流行周期一般为三个阶段：①上升期或称导入期。这一时期出现的时装是潮流的先驱，常为追求时新服饰的少数人所采用。②高峰期或称追随期。导入期出现的时装由为少数人所接受变为众多消费者所接受，达到流行高峰。③下降期或称衰退期。原流行时装逐渐为新的流行时装取代，本周期的流行过程逐渐完结和消失。

发 型

　　发型在人类生活中占有举足轻重的位置。现代生活中的发型，已不仅仅是人类出于劳动、生活以及社交礼仪等方面的需要；而是人们根据不同的需求和愿望，为了达到特定的效果，体现不同的个性和不同的审美标准，而将头发梳理成某种样式。

49

女式发型基本分为三类: 1.直发类: 直发类发式是指不经烫发、只经剪修而形成的发式。直发式基本保持头发的自然生长状态，其造型特点是发丝自然流畅，悬垂感强，充满浪漫气息，尤其适合青年女性梳理，给人以纯真的美感。2.卷发类: 卷发类发式是指经过烫发梳理而形成的发型式样。卷发类发式的发丝卷曲、柔和、变化较多，头发卷曲幅度有大有小，小花活泼、大花高雅浪漫。中年女性梳理更显成熟的魅力。3.束发类: 束发类发式可简可繁，适应面广，变化较大。分为生活型、晚宴型和新娘型。

电 影

  1893年，爱迪生发明电影视镜并创建"囚车"摄影场被视为美国电影史的开端。1896年，维太放映机的推出开始了美国电影的群众性放映。

  19世纪末20世纪初，美国的城市工业经济和中下层居民数量迅速增长，美国电影成为适应城市平民需要的一种大众娱乐。它起先在歌舞游乐场内，随后进入小剧场，在剧目演出之后放映。1905年在匹兹堡出现的镍币影院（入场券为5美分镍币）很快普及美国所有城镇，至1910年每周的电影观众多达3 600万人次。这些影片都是单本一部的，当时的产量是每月400部，主要的制片基地在纽约。1903年鲍特的《一个美国消防员的生活》和《火车大劫案》，使电影从一种新奇的玩艺儿发展成为一门艺术。影片中使用了剪辑技巧，鲍特成为用交叉剪辑手法来造成戏剧效果的第一位导演。

  20世纪20年代，美国影片生产的结构从以导演为中心，逐步转化为以制片人为中心的体制。"制片人中心"模式形成了20年代的"明星制度"，各大公司均以拥有一批明星为重要财富。

好莱坞（Hollywood），本意上是一个地名的概念，位于美国加利福尼亚州洛杉矶市市区西北郊，是洛杉矶的邻近地区。但由于当地发达的娱乐工业，现在"好莱坞"一词往往直接用来指美国加州南部的电影工业。

好莱坞市内有不少数十年历史的老电影院，通常被用作电影首映式或举行奥斯卡奖颁奖礼的场所，如今也成为旅游热门地点。

1900年，好莱坞还只有一间邮局、一张报纸、一座旅馆和两个市场，其居民数为500人。

1907年，导演弗朗西斯·伯格斯带领他的摄制组来到洛杉矶，拍摄《基督山伯爵》。他们发现，这里明媚的自然风光、充足的光线和适宜的气候是拍摄电影的天然场所。之后，又有一些导演带着剧组来到了小镇好莱坞，发现此地条件不错，陆续拍了好几部电影。渐渐地许多业内人士都知道了这块宝地，到好莱坞的电影剧组越来越多，美国电影业移师好莱坞的大转移开始，好莱坞向成为电影之都迈进。

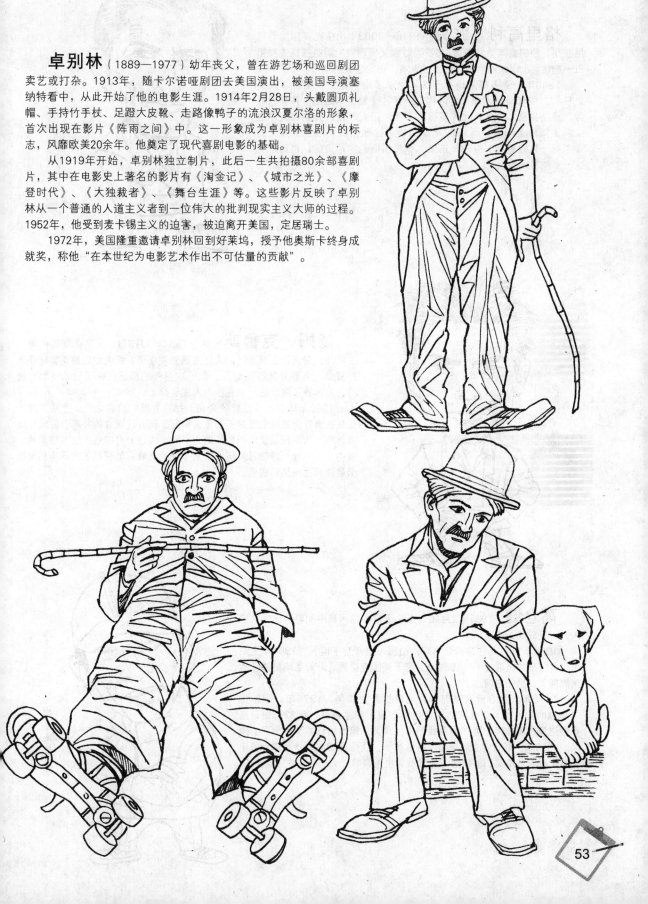

卓别林（1889—1977）幼年丧父，曾在游艺场和巡回剧团卖艺或打杂。1913年，随卡尔诺哑剧剧团去美国演出，被美国导演塞纳特看中，从此开始了他的电影生涯。1914年2月28日，头戴圆顶礼帽、手持竹手杖、足蹬大皮靴、走路像鸭子的流浪汉夏尔洛的形象，首次出现在影片《阵雨之间》中。这一形象成为卓别林喜剧片的标志，风靡欧美20余年。他奠定了现代喜剧电影的基础。

从1919年开始，卓别林独立制片，此后一生共拍摄80余部喜剧片，其中在电影史上著名的影片有《淘金记》、《城市之光》、《摩登时代》、《大独裁者》、《舞台生涯》等。这些影片反映了卓别林从一个普通的人道主义者到一位伟大的批判现实主义大师的过程。1952年，他受到麦卡锡主义的迫害，被迫离开美国，定居瑞士。

1972年，美国隆重邀请卓别林回到好莱坞，授予他奥斯卡终身成就奖，称他"在本世纪为电影艺术作出不可估量的贡献"。

53

格里高利·派克（1916—2003）出生在美国加利福尼亚州，他的童年十分动荡，5岁的时候父母离异，派克被送去和祖母一起住。上学的时候派克迷上了表演，决定当一名演员。

1943年他进入好莱坞并于次年出演了他的第一部电影《荣誉之日》。1945年他出演了希区柯克的影片《爱德华医生》并受到好评。派克身高1.91米，他大多扮演高大、正直严肃、充满着英雄主义的美国绅士形象。而1962年那部最终让他抱得奥斯卡金像奖的《杀死一只知更鸟》中伸张正义、不畏强暴的律师角色，也正是他这一形象发挥的极致。

派克漫画像

克鲁斯漫画像

汤姆·克鲁斯出生于1962年7月3日，父亲是纽约的电气工程师，母亲是话剧演员，家庭生活充满艰辛。肌肉发达的克鲁斯原本打算做一名职业摔跤运动员，但一次意外的膝伤打破了他的梦想。最终，他选择了演员这一职业作为人生目标。

1983年摄制的《危险的交易》是克鲁斯的成名之作。他所饰演的正处在青年困惑期的富家子形象，引起了同时代观众的共鸣。但真正令克鲁斯成为影坛明星的则是《雨人》和《生逢七月四日》这两部影片。其中，《生逢七月四日》将他推上了幸运之峰，他获得了金球奖和奥斯卡最佳男主角奖的提名。

高仓健，1931年2月16日出生于日本福冈县中间町，兄妹共四人，一兄二妹，排第二。

1956年11月高仓健初登屏幕，拍摄《电光空手道》；1964年主演系列片《日本侠客传》；1969年受聘于美国电影界，赴好莱坞拍摄《战火熊熊》，担任主演。

1970年，高仓健获京都市民电影界男主演奖。1978年，因拍摄《幸福的黄手帕》获得第51届《电影旬报》男主角奖、第32届每日竞赛会男演员演技奖、第20届蓝丝带男主角奖、第一届日本学术会男主角奖。1999年，高仓健主演电影《铁道员》，获得第23届蒙特利尔世界电影展优秀男主角奖、第44届亚太影展男主角奖等。

高仓健漫画像

嘉宝（1905—1990），原名叫葛丽泰·洛维萨·格斯塔夫森，出生于瑞典斯德哥尔摩一个贫困的工人家庭。幼年进修的嘉宝充满幻想，酷爱戏剧。14岁时，父亲去世后，她先进入一家理发店当学徒，后来在一家百货公司当售货员。在试销女帽的季节，嘉宝得到了一次当模特儿的机会。接着，公司投拍一部电影，她在影片中扮演了一个小角色——嘉宝的银幕生涯从此开始了。

1925年6月，嘉宝到达美国。虽然一开始，公司对她很冷淡，但5周之后，嘉宝在试镜时的杰出表现终于征服了米高梅。嘉宝在好莱坞的第一部影片是《激流》，影片初映，就打破票房纪录，嘉宝给美国电影带来了异国情调。

嘉宝漫画像

英格丽·褒曼漫画像

英格丽·褒曼（1915—1982）出生于瑞典首都斯德哥尔摩。2岁丧母，12岁亡父，自小由亲戚养大。中学毕业后加入职业剧团演出，不久即成为瑞典的大明星。1936年以《间奏曲》引起好莱坞著名制片人大卫·塞茨尼克的注意，决定将该片重拍成美国版，并请她主演。

英格丽·褒曼来到好莱坞以后，很快成为当时知名度甚高的明星。她的表演自然纯朴，在她的表演角色中，你不太可能找到褒曼本人的影子，那种真实性吸引你去一遍遍地欣赏她的作品。在好莱坞期间，她拍了众多脍炙人口的影片，包括《卡萨布兰卡》、《美人计》、《圣女贞德》等。这些影片如今已成为电影史上的经典之作。

伊丽莎白·泰勒1932年2月27日出生在英国伦敦。她一直被看作是美国电影史上最具有好莱坞色彩的人物，冠有"好莱坞常青树"和"世界头号美人"之称。尽管她不是最有天赋的演员，她却是最迷人的演员，她无与伦比的魅力永远是焦点所在。很少有人能够像她如此受到爱慕，同时又如此成为奚落的对象和影射与闲言碎语的标的。

由童星成长起来的她貌美如花，她可以清纯，也可以妖艳；她的魅力、演技使她夺得两次奥斯卡最佳女主角奖；曾经的放纵，也使她显得肥胖和衰老。半个多世纪以来的她始终是媒体追逐的目标。

泰勒漫画像

55

索菲亚·罗兰，1934年出生于意大利一个穷苦人家。由于自己是私生女，她没有见过父亲，跟着母亲投奔了那不勒斯的娘家。一直到14岁，索菲亚还是一个洗衣工。

17岁，历尽艰辛的索菲亚正式进入电影界。1953年，她终于在歌剧影片《阿伊达》中饰演女主角，其表演十分投入，轰动了意大利影坛。

1956年，索菲亚前往好莱坞发展。1959年，索菲亚因在影片《黑兰花》中饰演女主角表演出色，获得了威尼斯国际电影节最佳女主角奖。1964年，索菲亚主演的《昨天、今天、明天》又一举获得第37届奥斯卡最佳外语片奖。

在第二届罗马电影节上，索菲亚继肖恩·康纳利之后，成为荣获终身成就奖的第二位电影人。

索菲亚漫画像

赫本漫画像

奥黛丽·赫本（1929—1993）出生于比利时布鲁塞尔。1948年，赫本与母亲（赫本父母于1938年离异）带着省吃俭用存下来的100英镑迁至英国伦敦。她在这里边打工边寻找深造的机会。1948年，赫本进入一所芭蕾舞学校学习芭蕾舞。经过数月训练之后，赫本被告知她不适合当芭蕾舞者。1951年，赫本首次在英国电影《天堂笑语》露脸，正式成为电影演员。

1953年，赫本与好莱坞著名影星格里高利·派克一起主演的电影《罗马假日》正式上映，由于成功刻画剧情，该片放映后迅速风靡世界。

赫本荣获第26届奥斯卡最佳女主角。之后，她一帆风顺，成为欧美影坛上一颗耀眼的新星。

玛丽莲·梦露（1926—1962）出生于洛杉矶综合医院里，本名诺玛·莫天森。诺玛的身世坎坷，父亲在她出生前就去世了。诺玛9岁的时候，母亲仍然接受不了诺玛父亲离去的事实，被关进精神病院。

1946年，诺玛被二十世纪福克斯公司大老板看中拍板雇用，从此有了这个艺名——玛丽莲·梦露。梦露几乎每部影片都超乎寻常地卖座，特别是在《七年之痒》这部片中，她站在地铁的通风口上，下面刮上来的风把她的裙子吹得鼓涨起来，成了她影片里最著名的镜头。

1962年8月5日清晨，玛丽莲·梦露的女管家发现她在加利福尼亚的洛杉矶刚购置的房中离开了人世。玛丽莲之死有许多自相矛盾的地方，使自杀之说令人生疑。梦露的死因至今仍是谜团。

梦露漫画像

沃尔特·迪斯尼（1901—1966）。美国动画

片制片家、演出主持人和电影制片人。他以创作卡通人物米老鼠和唐老鸭闻名。他与哥哥共同创办迪斯尼兄弟动画制作公司。

　　沃尔特·迪斯尼的很多作品，让他成为全球著名的人，包括他创造了《白雪公主》、《木偶奇遇记》等很多知名的电影，还有米老鼠等动画角色，也是他，让迪斯尼乐园成为可能，开创了主题公园这种形式。他获得了56个奥斯卡奖提名和艾美奖。沃尔特·迪斯尼于1966年12月15日去世，此时他还在为佛罗里达迪斯尼世界操劳，该主题公园于他去世几年后开幕。

日本动漫

　　日本动漫已有90多年的历史。日本动漫能拥有众多的观众或读者，是有其自身的与众不同之处。可爱的美少女是吸引观众或读者的重要元素之一，大多数的动漫画中美少女都是重要角色。同样，动漫作品中帅气的美少男也是非常吸引人的，许多女孩子就是因为一部动画片的男主角很帅而喜欢上了这个动漫。还有许多动漫形象、题材也是日本动漫中经常出现的，如：宠物、机器人、魔法、超能力、神话、传说、历史、感情、校园、恋爱、心理学、侦探、超越时空、幽默、悲剧等等。万花筒般的日本动漫，吸引了社会各个层次难以计数的动漫迷。

动漫在日本流行的结果，造成了日本社会现象的改变。如1983年《超时空要塞》流行时，街头随处可见林明美的海报，就好像真有这个歌星存在似的。动画在日常生活中的影响就更大了。以杂志为例，目前日本市场上有四种动画排行榜以及"日本动画大赏"等活动。而现在日本各高中、大学校庆时，几乎都会举行小规模的动画欣赏会。另外，动画亦有各种附属商品。如：垫板、笔记本、海报、电话卡、铅笔盒、甚至还有钱包等，不胜枚举。在日本各地都有许多专卖动画附属品的连锁商店。而在动漫迷中，也组成了数百个以上的各种动画俱乐部，并发行会刊。由此可见动画已成为日本文化中极重要的一环。

体育篇

现代奥林匹克运动会

1894年6月16日，巴黎国际会议上通过了第一部由顾拜旦倡议和制定的《奥林匹克宪章》。1913年，根据顾拜旦的构思，国际奥委会设计了奥林匹克会旗，白底无边，中央有5个相互套连的圆环，环的颜色为天蓝、黄、黑、绿、红，五环象征五大洲的团结和全世界运动员以公正、坦率的比赛和友好精神在奥运会相见。1913年经国际奥委会批准，将"更快、更高、更强"作为奥林匹克格言。"重要的是参与，不是胜利"成为奥林匹克理想。

1936年第11届奥运会时，国际奥委会正式规定，在主体会场点燃象征光明、友谊、团结的奥林匹克火焰。此后这一活动成为每届奥运会开幕式不可缺少的仪式之一。

奥林匹克运动是人类社会的一个罕见的杰作，它将体育运动的多种功能发挥得淋漓尽致，影响力远远超出了体育的范畴，在当代世界的政治、经济、哲学、文化、艺术和新闻媒介等诸多方面产生了一系列不容忽视的影响。

当今世界各国交往日益密切，迫切需要以各种沟通手段来加强国际间的相互了解。奥林匹克运动正是为适应这种社会需要而出现的，是人类社会发展到一定阶段的必然产物。

1998年，著名的《生活》杂志刊载了历史学家精选的过去千年中最重要的1 000个事件和人物，1896年顾拜旦恢复奥运会的壮举也跻身其中，被誉为千年盛事之一。

皮埃尔·德·顾拜旦（1863—1937）

诞生于法国巴黎一个信仰天主教的贵族家庭。从少年时代，他就对体育有了广泛的兴趣，喜爱拳击、划船、击剑和骑马等运动。大学毕业后，顾拜旦没有听从父母的规劝涉足军界、法律界，毅然选择了从事教育和体育的道路。

1892年11月25日，顾拜旦在"法国体育联合会"成立3周年的纪念会上，发表了题为《复兴奥林匹克》的演说，他第一次正式提出了创办现代奥运会的倡议。经过顾拜旦及其同事们的多年努力和精心筹备，"恢复奥林匹克运动会代表大会"于1894年在巴黎召开。在这次历史性的会议上，一致通过恢复奥林匹克运动会的宪章，确定了现代奥运会的宗旨。

田径运动

田径运动，是径赛、田赛和全能比赛的全称。以高度和距离长度计算成绩的跳跃、投掷项目叫"田赛"；以时间计算成绩的竞走和赛跑的项目叫"径赛"。田径比赛由田赛、径赛、公路跑组成，此外还包括部分田赛和径赛项目组成的"十项全能"。

据记载，最早的田径比赛，是公元前776年在希腊奥林匹克村举行的第一届古代奥运会上进行的，项目只有一个——短距离赛跑，跑道为一条直道，长192.27米。至公元前708年第10届奥运会上，才正式列入了跳远、铁饼、标枪等田赛项目。1894年，在英国举行了最早的现代田径运动国际比赛。从1928年第9届奥运会起，才增设了女子田径项目。

至今，田径运动仍然是体育比赛中观赏性极强的运动之一。

马拉松赛是一项长跑比赛项目，其距离为42.195公里。这个比赛项目的距离为什么不是整数呢？这要追溯到公元前490年9月12日发生的一场战役。

这场战役是波斯人和雅典人在离雅典不远的马拉松海边发生的，雅典人最终获得了反侵略的胜利。为了让故乡人民尽快知道胜利的喜讯，统帅米勒狄派一个叫菲迪皮得斯的士兵回去报信。这位士兵是个有名的"飞毛腿"，为了让故乡人早知道好消息，他拼尽全力跑，当他跑到雅典时，已喘不过气来，只说了一句："我们胜利了！"就倒在地上死了。

为了纪念这一事件，在1896年举行的现代第一届奥林匹克运动会上，设立了马拉松赛跑这个项目，把当年菲迪皮得斯送信跑的里程——42.195公里作为赛跑的距离。

马拉松比赛分为全程马拉松，半程马拉松和四分马拉松三种。以全程马拉松比赛最为普及。一般提及马拉松，即指全程马拉松。

足球

　　足球运动是以脚支配球为主，两个队在同一场地内进行攻守的体育运动项目。足球运动是世界上最受人们喜爱、开展最广泛、影响最大的体育项目，被誉为"世界第一运动"。不少国家将足球定为"国球"。

　　一切精彩的足球比赛，都会吸引着成千上万的观众和数以亿计的电视观众，有关足球消息的报道，占据着世界上各种报刊的篇幅，当今足球运动已成为人们生活中不可缺少的组成部分。据不完全统计，现在世界上经常参加比赛的球队约80万支，登记注册的运动员约4 000万人。

　　足球运动比赛时间长、观众多、竞赛场地大，是其他任何运动项目所不及的。足球比赛分为11人制、7人制和5人制。年龄段有U15、U17、U19、国奥组和成年组等。

67

贝利，1940年10月23日出生于巴西的特雷斯科拉索内斯镇，父亲也是个球员，但并未踢出名堂，而且收入低廉。母亲不希望贝利重走父亲的路，但很快她就发现无法阻止儿子天性中的某种渴望。10岁时，贝利和伙伴们自组"9月7日街道俱乐部"，主要在小镇街头踢球，同时还靠擦皮鞋给家里挣钱。

13岁时，贝利开始代表当地的包鲁俱乐部少年队踢球，使该队连续三年获包鲁市冠军。1957年，未满17岁的贝利首次入选国家队，他以惊人的技巧驰骋赛场，第一次为祖国捧回了世界杯。此后，在贝利统领下，巴西队又夺得了1962年第7届和1970年第9届世界杯冠军。在其长达22年的职业足球生涯中，共参赛1 364场，射入1 282球。

贝利漫画像

马拉多纳漫画像

马拉多纳，1960年10月30日出生，从儿时起就喜欢踢球。正是从街头的足球游戏中，他学会了如何与比他年长而高大的敌手相对抗。马拉多纳的足球天才让他在9岁的时候就引起了全国的注意；在11岁那年，马拉多纳登上了全国最大的报纸——《号角报》；在16岁的时候他终于穿上了职业队的球衣，仅仅3个月之后，马拉多纳便穿上了国家队队服。在国家队中，他91次出场完成的34个进球，使他为国家队的入球数仅次于巴蒂斯图塔而排名第二。由于他的杰出贡献，阿根廷足协宣布将他曾经穿过的10号球衣永久封存。

无论在哪里，马拉多纳都意味着天才和胜利，也意味着狂放不羁和惹是生非。马拉多纳永远毁誉参半，但是他的足球却永远值得人们去纪念，去仰慕……

乔丹，1963年2月17日出生于美国纽约布鲁克林。1984年NBA选秀大会第一轮被芝加哥公牛队选中，1991—1993年率公牛队完成NBA总冠军"三连冠"霸业。随后宣布退休，转而投身美国职业棒球赛，加盟芝加哥白袜队。但棒球生涯受挫，乔丹于1995年3月19日重返NBA。1996—1998年他带领公牛队又3次夺得NBA总冠军。1999年1月13日，乔丹宣布正式退役，他的23号球衣也在联合中心体育馆永久退役。

乔丹共6次获得NBA总冠军，2次夺得奥运会冠军；1996年当选"NBA历史上最伟大的50位球员"之一。

乔丹漫画像

NBA——全美职业篮球联赛

1891年，美国人詹姆士·奈什密斯博士在麻省的春田学院，为了给学生们找一个冬季体育锻炼的方式，用两只破筐和一只代用的足球创造了篮球运动，这才有了今天如火如荼的NBA。

NBA成立于1946年6月6日。成立时叫BAA，即全美篮球协会。BAA成立时共11支球队，1949年BAA吞并了当时的另一个联盟（NBL），并改名为NBA，目前共有30支球队。

NBA选秀是一年一度的盛事，于每年的6月底在纽约的麦迪逊花园广场举行。参加选秀的球员必须年满18岁。一名海外球员在达到22岁后便有资格参加NBA选秀。近些年，姚明等多名中国球员，通过选秀，陆续加盟NBA，取得骄人的成绩，引起世人瞩目。

"篮球宝贝" 既是在激烈的篮球比赛之中，给赛场的紧张气氛带来些许放松的篮球啦啦队，又是为球迷和球员加油鼓劲的啦啦队员，而"篮球宝贝"队的表演也更加精彩。"篮球宝贝"就是球迷对啦啦队员的爱称。

NBA的"篮球宝贝"都是自愿去的，每支球队的"宝贝"薪水都不一样，而且都很少，只能算是兼职一类的，而且训练特别辛苦。每年的NBA全明星比赛，大会会从各个队伍的"篮球宝贝"中，选一人组成"NBA篮球宝贝"，为大家表演。

街头篮球起源于美国，比赛并不需要在正规的
篮球场上进行，在城市广场或街边开阔地划出半个篮球
场大小的平坦硬地，竖立一个篮球架，即可进行比赛。

　　街头篮球文化造就了许多街头篮球的英雄与神话。
"山羊"（Earl Manigault）便是其中一个传奇，他可以
轻易地在篮板顶取下25美分的硬币，还有那快速的运球
与切入，令对手防不胜防，身高只有6英尺2（1.88米）
的他可以轻易地将身高有7英尺2（2.18米）的NBA巨
星打败。从此，"山羊"被人们称为是"未曾打过NBA
的最伟大球员"。但是由于美国街头的黑道势力和毒品
的影响，许多的街头球员就是有再好的实力也不能加入
NBA联盟，所以也只能在街头完成自己的篮球生涯。

　　街头篮球被一代一代地传了下来，每个街球玩家都
有自己独有的风格和技巧来赢得观众的赞同和尊重。街
头篮球不仅仅是一种运动，还是一种艺术。

棒 球

棒球运动，是一种以棒打球为主要特点，集体性、对抗性很强的球类运动项目。它在国际上开展较为广泛，影响较大，被誉为"竞技与智慧的结合"。在美国、日本尤为盛行，被称为"国球"。

据美国有关专家多年来的考据认为：棒球运动源于英国的板球。1839年，美国人组织了第一场与现代棒球运动十分相仿的比赛。1860年，美国开始出现职业棒球运动员。1871年，美国成立了"全国职业棒球运动员组织"，1876年该组织改名为"全国棒球联合会"。1981年成立另一个全国性的职业棒球组织，即后来的"全美职业棒球联合会。"1873年，棒球由美国传入日本。日本职业棒球队创始于1934年。

1937年，在美国成立了世界棒球协会，后改称为国际棒球联合会，是世界业余棒球运动的最高领导机构。

75

沙滩排球

沙滩排球，是现在风靡全世界的一项运动。

沙滩排球比赛场地包括比赛场区和无障碍区。比赛
场区为16米×8米的长方形。场地边线外和端线外的无障
碍区至少宽5米，最多6米，比赛场地上空的无障碍空间
至少高12.5米。比赛场地的地面是水平的沙滩，沙滩必
须至少40厘米深，其中没有石块、壳类及其他可能造成
运动员损伤的杂物。比赛场区上所有的界线宽为5厘米—
8厘米，界线与沙滩的颜色需要有明显的区别，并且由抗
拉力材料的带子构成。比赛的球网设在场地中央中心线
的垂直上空，高度为男子2.43米，女子2.24米。球网长
8.50米，宽1米，网眼直径10厘米。

沙滩排球比赛使用的球是由柔软和不吸水的材料制
成外壳，以适应室外条件，比赛，如遇下雨天也能照常
进行。

冰 球

　　冰球，又称冰上曲棍球，是运动员穿着特制的冰刀、护具和服装，手持球杆在冰场上击球的一种冰上球类运动。冰球以击入对方球门内的数多者为胜，是世界上最高速的球类运动。

　　冰球是融足球、曲棍球和速度滑冰与战术思想为一体的体育运动。它的问世，稍晚于足球、曲棍球和速度滑冰。

　　1858年，这种运动从蒙特利尔和魁北克等地，迅速蔓延到整个加拿大。所以，原始的冰球运动也有"加拿大球"之称。1875年，相关组织制定了简单的冰球比赛规则。1879年，冰球比赛正式开始。1890年，第一个冰球组织——安大略冰球运动协会成立。

　　此后，这项运动传入欧洲及世界各国并流行起来。

橄榄球

橄榄球起源于英国，原名为拉格比足球。因其球形很像橄榄，在中国即被称为"橄榄球"。

橄榄球场大小接近足球场，比赛队员也是双方各11名。比赛中可以踢、可以抱。1839年以后，这项运动在剑桥等大学逐渐开展起来，并相继成立了拉格比俱乐部。1871年正式成立了英式橄榄球协会，经常进行比赛。此后，英式橄榄球很快传入了欧美国家。1890年，建立了国际橄榄球组织，1906年，在法国举行了国际橄榄球比赛。

自此以后，英式橄榄球运动，在不少国家都开展起来了。现今世界上，有94个国家流行橄榄球运动，国际最高的组织机构是国际橄榄球理事会（I·R·B）。

美式橄榄球

英式橄榄球运动，不断发生变化，许多国家都创造出了适合自己国家的橄榄球运动，其中最为著名的就是美式橄榄球。

NFL，就是美式橄榄球联盟，是世界最大的职业美式橄榄球联盟。该联盟由32支来自美国不同地区和城市的球队组成。联盟最早在1920年，以美国职业美式足球协会的名义成立，1922年改名为国家美式足球联盟。国家美式足球联盟是北美四大职业运动之一。

NFL的球队，有时也被称为特权会员队，因为他们都是私人投资、按照公司模式运作。NFL是美国最著名的职业橄榄球联盟，所以也拥有最多的球迷。

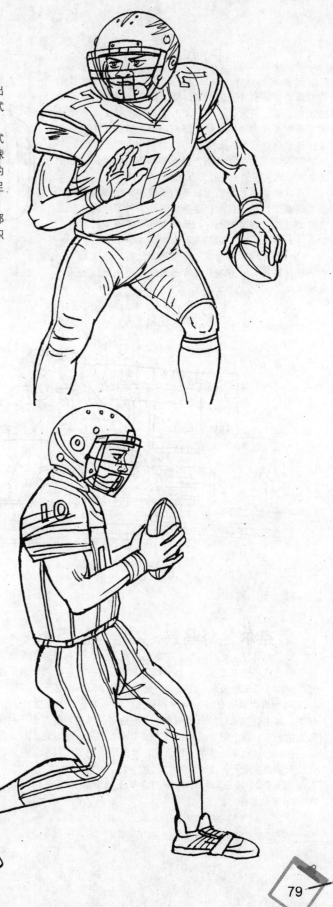

F1赛车

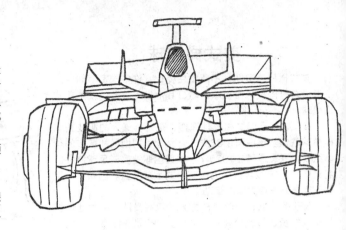

F1赛车是世界上最昂贵、速度最快、科技含量最高的运动；是商业价值最高、魅力最大、最吸引人观看的体育赛事。包含了以空气动力学为主，加上无线电通信、电气工程等世界上最先进的技术。很多新的科技都是在F1上得以最初实践的。

F1，中文称为"一级方程式锦标赛"。目前，这项比赛的正式全名为"一级方程式赛车世界锦标赛"。

以前的车赛，常借用城市的街道和公路作为赛道，而且比赛规则也不完善，选手也由此受到了很大的局限性。随着专业赛道的出现，比赛规则也在不断的完善之中，使车手有了更好的发挥。

F1，是当今世界最高水平的赛车比赛。与奥运会、世界杯足球赛，并称为"世界三大体育"。电视转播年收视率高达600亿人次。

迈克尔·舒马赫，出身于一个德国中产阶级的家庭。父亲为砖匠，也是一个卡丁车场的负责人，这种条件使他自幼就有机会从事卡丁车运动。1984年、1985年，他连续两年取得德国青少年卡丁车总冠军；1987年，他又获得了欧洲卡丁车总冠军。

F1世界大奖赛自1950年举办以来，迄今为止一共产生了27名冠军，其中有13人曾经获得两次以上的冠军。其中，范吉奥一共获得五次冠军，这个纪录整整保持了50年无人打破。而现在，舒马赫则以他的七届冠军成为新一代巨星，他的成就超过了前辈，在同时代的车手中更是无人可比。

离开F1车坛三年后，41岁的老车王与奔驰车队签约三年，2010年重新参赛。

极限运动

极限运动，是结合了一些难度较高，且挑战性较大之组合运动的统称。例如：直排轮、滑板、极限单车、攀岩、雪板、空中冲浪、街道疾降、极限越野、极限滑水等，都是极限运动项目。

极限运动最主要的内容，就是所谓的滑板、直排轮和极限单车，此为极限运动锦标赛的主要比赛项目。这三种极限运动都有其相近之处，而动作内容主要分为空中动作及边缘平衡动作。

在极限运动中，所有的动作都是选手自由选定，也可以自行创造新动作，而腾越可以不单只是腾越，可以用任何的方式衔接另外的一个动作，使难度增加，也让动作更华丽更具有可看性。

拳击

拳击是戴（拳击）手套进行格斗的运动项目。它既有业余的（也称奥运拳击），也有职业的商业比赛。比赛的目标是要比对方获得更多的分以战胜对方，或者将对方打倒而结束比赛。与此同时，比赛者要力图避开对方的打击。拳击被称为"勇敢者的运动"。早在古希腊和罗马时代就有许多有关拳击的生动记载。

最早的拳击规则是1743年制定的。拳击比赛在由三条绳围绕的拳击台上进行。一场业余拳击比赛有5个回合，每回合2分钟。拳击运动员要戴（拳击）手套。其他用具包括：头盔、护齿、运动短裤和护裆（职业拳击运动员比赛不戴头盔）。拳击运动员的比赛按体重分级。

职业拳击进行3分钟一回合的比赛，一场职业拳击赛为6—12回合，回合中间休息1分钟。当一方运动员被击倒后，裁判员要开始数秒，从1数到10，如裁判员数到10，该运动员还不能站起来，则判对方获胜。

穆罕默德·阿里，1942年1月27日出生在美国。阿里诙谐幽默，喜欢用语言来愚弄对手，而他精湛的技术和著名的"蝴蝶舞步"，构筑了他拳击家的伟大业绩。1964年2月25日将"魔王"利斯顿挑下王位，成为世界重量级冠军后，阿里几乎所向披靡，9次卫冕成功，直到他拒绝服兵役赴越参战，被取消拳王头衔。

1974年，复出后的阿里打败了乔治·福尔曼，重登冠军宝座。在10次卫冕成功后，输给了莱昂·斯平克斯。但半年后，他又从斯平克斯手中夺回了冠军头衔，成为拳击史上第一位三度夺得世界重量级冠军的人。

迈克·泰森，1966年6月30日出生在美国纽约的布鲁克林。泰森从小就练就了一身金刚铁骨，为他以后的拳击生涯奠定了扎实的身体条件。

1986年11月22日，泰森仅用了6分钟就击倒了前WBC的拳王特雷·柏比克，取得了WBC重量级拳王的称号。而泰森当时不过20岁而已。1987年3月7日，泰森从詹姆士·史密斯身上抢走了WBA的重量级拳王金腰带。同年的8月1日，泰森又以点数击败了托尼·塔克取得了IBF的重量级拳王头衔。至此，集三大拳击组织的重量级拳王金腰带于一身的泰森还不足21岁。

动漫让人喜爱，运动也让人喜爱；两者结合就更让人喜爱。

这类体育漫画，往往抓住运动的特征进行生动的描绘。人物形象简洁、生动，人物动作幽默、夸张，具有强烈的艺术魅力。

临摹一些此类漫画，可以使我们对人物的动态留下深刻的印象。

军事篇

第一次世界大战

（1914—1918）

　　第一次世界大战简称一战，是一场发生在欧洲但波及到全世界的世界大战。主要是同盟国和协约国之间的战斗。

　　德意志帝国和奥匈帝国是同盟国，英国、法国、意大利、俄罗斯帝国和塞尔维亚是协约国。在1914年至1918年期间，很多在亚洲、欧洲和美洲的国家都加入了协约国。战场主要在欧洲。战争的导火索是1914年6月的萨拉热窝事件，战线主要分为东线（俄国对德奥作战），西线（英、法、比对德作战）和南线（塞尔维亚对奥匈帝国作战）。

　　这场战争是欧洲历史上破坏性最强的战争之一。大约有6 500万人参战，1 000万人失去了生命，2 000万人受伤。

一战英国军人

一战德国军人

一战法国军人

一战俄国军人

第二次世界大战

(1939—1945)

第二次世界大战简称二战。1939年—1945年，德国、意大利、日本及其仆从国发动了一场人类历史上空前规模的第二次世界大战，先后有61个国家和地区、20亿以上的人口被卷入战争，军民死亡1.022 1亿余人，最后以德、意、日三个法西斯国家的彻底失败而结束。

在欧洲，苏德战场为主要战场。欧洲战场蒙受的全部损失中有41%是苏联的损失。苏联在卫国战争期间，因战争死亡2 700万人，其中苏联红军牺牲866.84万人。

美国和英国是世界反法西斯同盟的核心成员，它们也为反法西斯战争的胜利付出了重大的代价。美国共有40多万军人在二战中丧生，英国有27万军人因战争死亡，法国约20万军人阵亡。

二战苏联军人

二战英国军人

二战美国军人

109

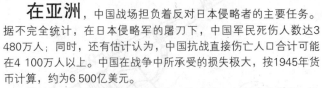

在亚洲，中国战场担负着反对日本侵略者的主要任务。据不完全统计，在日本侵略军的屠刀下，中国军民死伤人数达3 480万人；同时，还有估计认为，中国抗战直接伤亡人口合计可能在4 100万人以上。中国在战争中所承受的损失极大，按1945年货币计算，约为6 500亿美元。

为了抗击日本侵略者，国共第二次合作，全民八年抗战，中国人民为世界反法西斯战争的胜利，作出了巨大的民族牺牲和重要的历史贡献。抗日战争期间，在华日军人数最多时有近200万人，据日本厚生省1964年调查后统计，日军在侵华战争中死亡的人数约为44万人（不包括印缅战场上中国远征军和驻印军与美英协同歼灭的约16万日军）。

共产党抗日军人

国民党抗日军人

日本兵漫画像

轴心国，是指在第二次世界大战中结成的战争联盟，包括纳粹德国、意大利和日本等国家。名称的由来，源于1936年11月1日意大利法西斯独裁者墨索里尼在《德意同盟条约》签定后不久对此评价的一次演说："柏林和罗马的垂直线不是壁垒，而是轴心。"因柏林和罗马在同一经度线上，因此，后人就把法西斯同盟称为"轴心"，参加国称为"轴心国"。

轴心国纳粹德国军人

日本军人漫画像

轴心国日本军人

111

诺曼底登陆

诺曼底登陆战役发生在1944年6月6日6时30分，是第二次世界大战中盟军在欧洲西线战场发起的一次大规模攻势。诺曼底战役是目前为止世界上最大的一次海上登陆作战，接近300万士兵渡过英吉利海峡前往法国诺曼底。

在诺曼底战役中作战的盟军主要由加拿大、英国及美国组成，但在抢滩完成后，"自由法国"及波兰士兵也参与了这场战役，而其中的士兵有来自比利时、希腊、荷兰和挪威等。

进攻诺曼底在登陆的前一天晚上展开，空降兵空降作战，对德军的防御工事实施大规模的空中轰炸。而两栖登陆战则在6月6日早上开始。诺曼底战役持续超过了2个月，最终，盟军成功建立滩头堡，并在8月25日解放巴黎，宣告结束诺曼底战役。

诺曼底登陆的胜利，宣告了盟军在欧洲大陆第二战场的开辟，意味着纳粹德国陷入两面作战，减轻了苏军的压力，协同苏军有利的攻克柏林，迫使法西斯德国提前无条件投降。

外国特种部队

特种部队的作用，在和平时期主要体现在完成那些基于政治原因而不便使用警察或正规军去完成的任务上，如对付恐怖主义活动；在战争时期，主要体现在全面战争中的非正规作战方面，即战时派出小分队潜入敌军后方或心脏地带，以出其不意的奇袭手段摧毁敌人的指挥系统、破坏敌军司令部及指挥通信设施、暗杀敌军指挥员，并在可能的条件袭击敌方导弹部队阵地、核武器仓库、交通枢纽、核动力系统等重要目标，营救被俘人员，歼灭小股敌军等，震撼敌方的士气与民心，配合正面部队的正规作战，最大限度地在战略、战术上打击敌军。

外国特种部队从组织形式上看有两种形式：一种是相对独立的，如美国的特种部队之一"三角洲"部队；另一种是作为庞大的武装部队的精锐力量，如英国特种舟艇大队就是皇家海军陆战队的一部分。

116

122

129

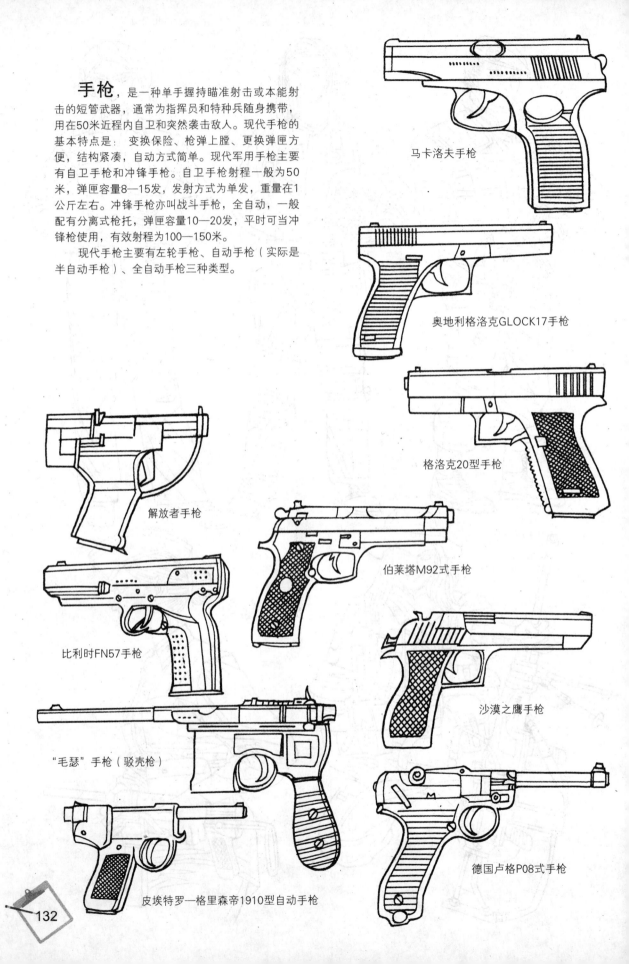

　　手枪，是一种单手握持瞄准射击或本能射击的短管武器，通常为指挥员和特种兵随身携带，用在50米近程内自卫和突然袭击敌人。现代手枪的基本特点是：变换保险、枪弹上膛、更换弹匣方便，结构紧凑，自动方式简单。现代军用手枪主要有自卫手枪和冲锋手枪。自卫手枪射程一般为50米，弹匣容量8—15发，发射方式为单发，重量在1公斤左右。冲锋手枪亦叫战斗手枪，全自动，一般配有分离式枪托，弹匣容量10—20发，平时可当冲锋枪使用，有效射程为100—150米。

　　现代手枪主要有左轮手枪、自动手枪（实际是半自动手枪）、全自动手枪三种类型。

马卡洛夫手枪

奥地利格洛克GLOCK17手枪

格洛克20型手枪

解放者手枪

伯莱塔M92式手枪

比利时FN57手枪

沙漠之鹰手枪

"毛瑟"手枪（驳壳枪）

德国卢格P08式手枪

皮埃特罗—格里森帝1910型自动手枪

德国卢格P08式手枪

史密斯&韦森M10左轮手枪

瑞士西格—绍尔P266式手枪

德国HK USP紧凑型手枪

史密斯&韦森西格玛手枪

瑞士西格P—210式手枪

鲁格P95式手枪

西格—绍尔P220式手枪

步枪、来复枪，是指有膛线（又称来复线）的长枪，单兵肩射的长管枪械。主要用于发射枪弹，杀伤暴露的有生目标，有效射程一般为400米；也可用刺刀、枪托格斗；有的还可发射枪榴弹，具有点面杀伤和反装甲能力。步枪按自动化程度分为非自动、半自动和全自动3种，现代步枪多为半自动步枪。按用途分为普通步枪、骑枪（卡宾枪）、突击步枪和狙击步枪。狙击步枪是一种特制的高精度步枪，一般仅能单发，多数配有光学瞄准镜，有的还带有两脚架，装备狙击手，用于杀伤600—800米以内重要的单个有生目标。

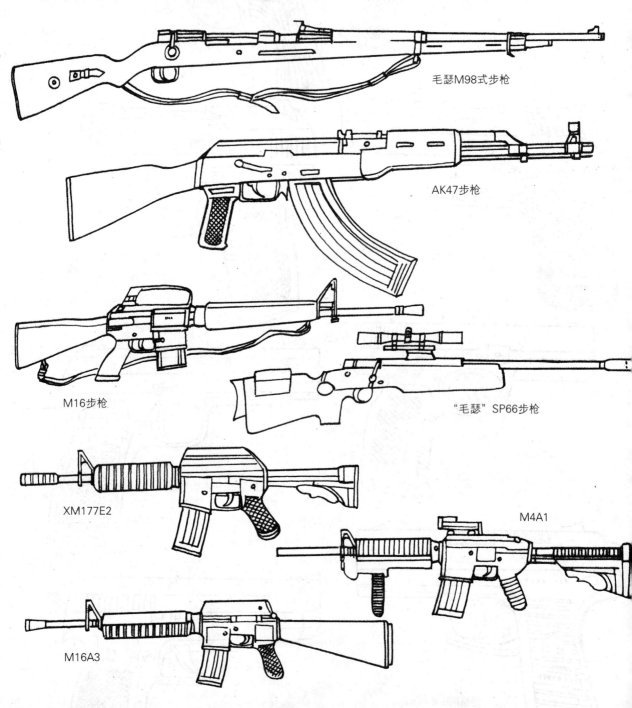

毛瑟M98式步枪

AK47步枪

M16步枪

"毛瑟" SP66步枪

XM177E2

M4A1

M16A3

134

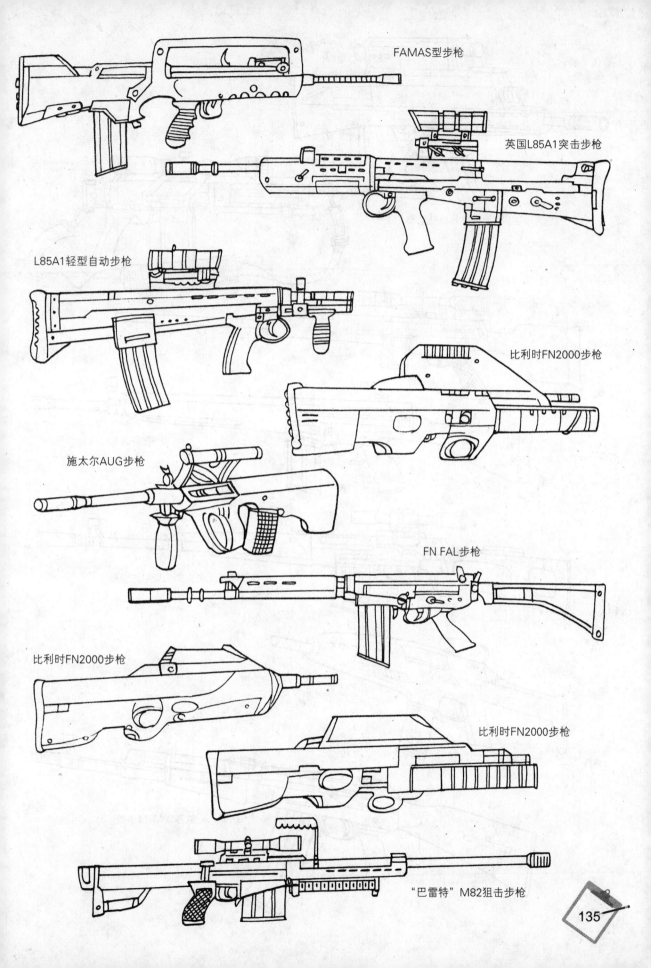

FAMAS型步枪

英国L85A1突击步枪

L85A1轻型自动步枪

比利时FN2000步枪

施太尔AUG步枪

FN FAL步枪

比利时FN2000步枪

比利时FN2000步枪

"巴雷特"M82狙击步枪

135

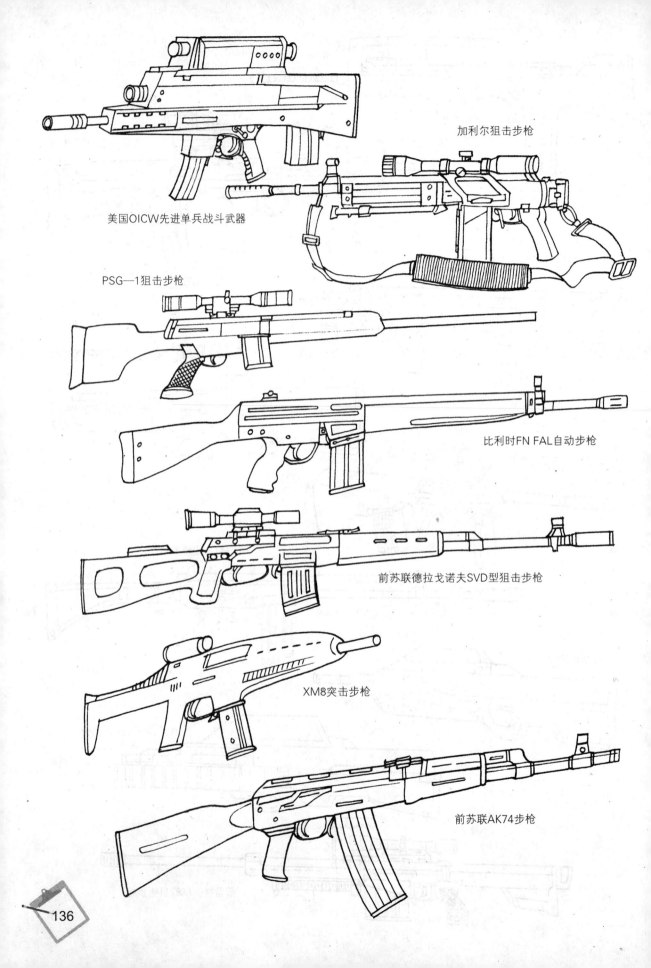

加利尔狙击步枪

美国OICW先进单兵战斗武器

PSG—1狙击步枪

比利时FN FAL自动步枪

前苏联德拉戈诺夫SVD型狙击步枪

XM8突击步枪

前苏联AK74步枪

冲锋枪，是一种单兵连发枪械，它比步枪短小轻便，具有较高的射速，火力猛烈，适于近战和冲锋时使用，在200米内具有良好的作战效能。冲锋枪结构较为简单，枪管较短，采用容弹量较大的弹匣供弹，战斗射速为每分钟40发，长点射约为每分钟100—120发。冲锋枪多设有小握把，枪托一般可伸缩和折叠。

冲锋枪是第一次世界大战时开始研制的，当时主要是9毫米口径的冲锋枪。第二次世界大战中，不同型号和不同口径的冲锋枪相继问世。战后以来，随着自动步枪的发展，冲锋枪与自动步枪的区别越来越小，有些已很难定义和分类了。

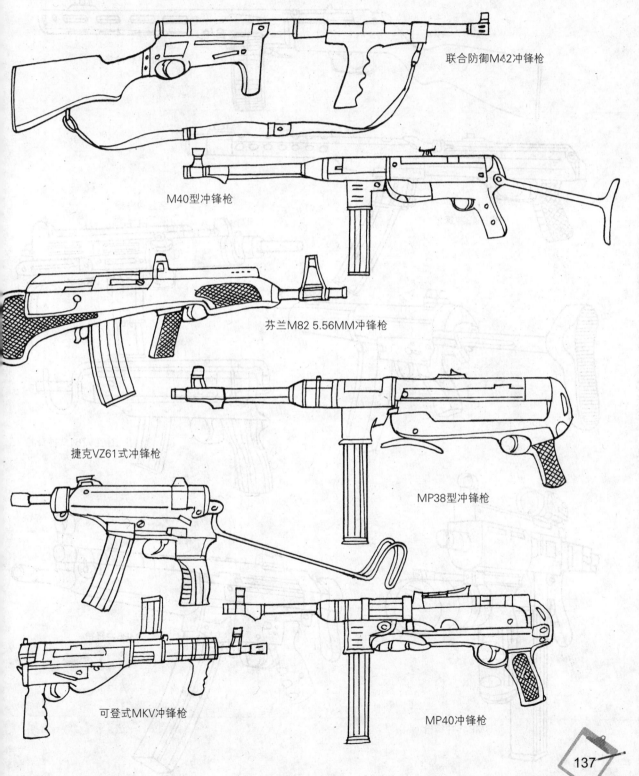

联合防御M42冲锋枪

M40型冲锋枪

芬兰M82 5.56MM冲锋枪

捷克VZ61式冲锋枪

MP38型冲锋枪

可登式MKV冲锋枪

MP40冲锋枪

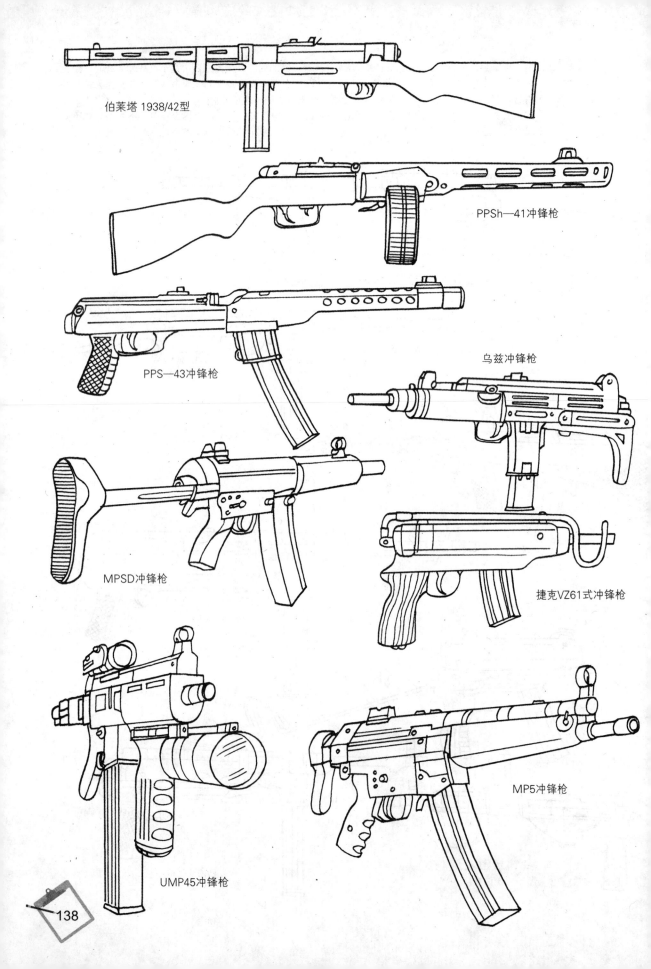

伯莱塔 1938/42型

PPSh—41冲锋枪

PPS—43冲锋枪

乌兹冲锋枪

MPSD冲锋枪

捷克VZ61式冲锋枪

UMP45冲锋枪

MP5冲锋枪

机枪，是带有枪架或枪座，能实现连发射击的自动枪械。机枪既杀伤有生目标，也可以射击地面、水面或空中的薄壁装甲目标，或压制敌火力点。通常分为：轻机枪、重机枪、通用机枪和大口径机枪。根据装备对象，又分为野战机枪（含高射机枪）、车载机枪（含坦克机枪）、航空机枪和舰用机枪。

轻机枪战斗射速为每分钟80—150发，有效射程500—800米。重机枪战斗射速为每分钟200—300发，有效射程平射为800—1 000米，高射为500米。

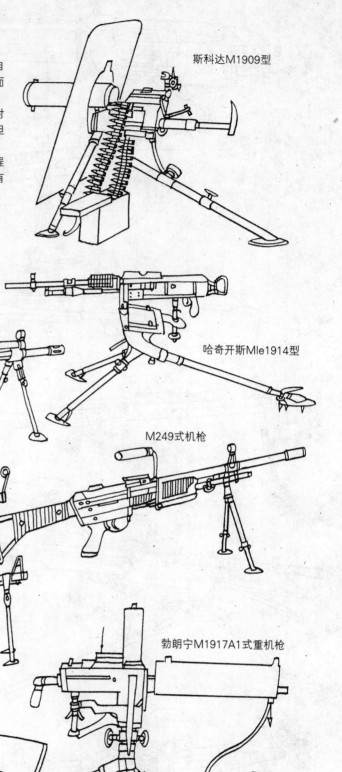

斯科达M1909型

哈奇开斯Mle1914型

赫克勒—科赫HK21

M249式机枪

哈奇开斯MK1

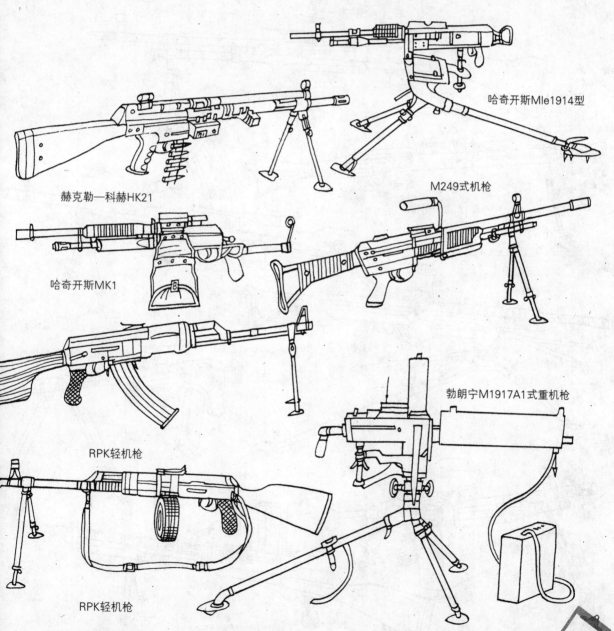

勃朗宁M1917A1式重机枪

RPK轻机枪

RPK轻机枪

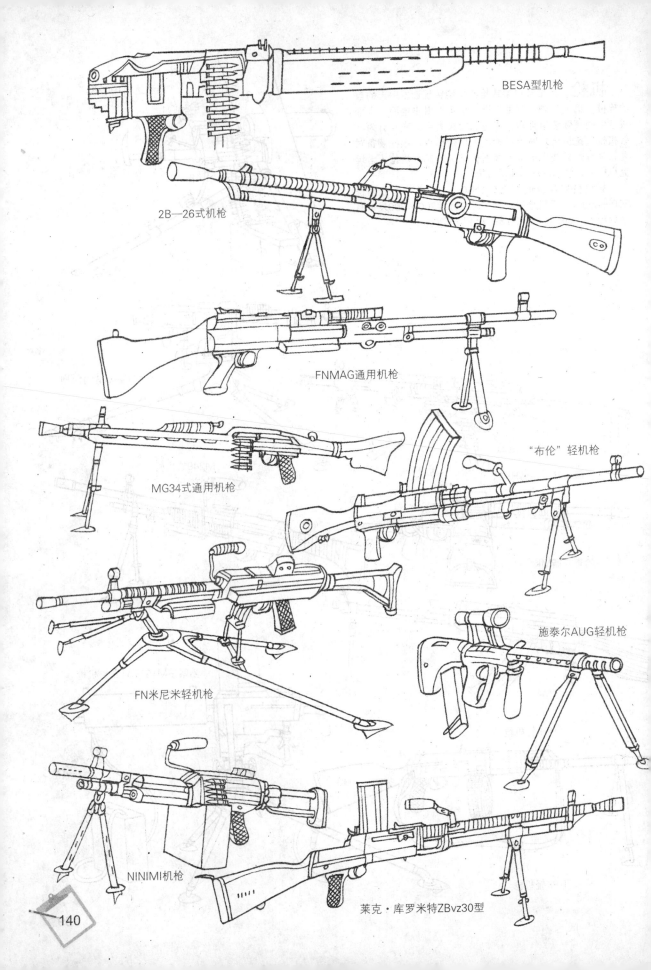

BESA型机枪

2B—26式机枪

FNMAG通用机枪

"布伦"轻机枪

MG34式通用机枪

施泰尔AUG轻机枪

FN米尼米轻机枪

NINIMI机枪

莱克·库罗米特ZBvz30型

火炮，根据现代对枪炮的定义，把口径在20毫米以上的称为炮，20毫米以下的称为枪。火炮在战争中赢得了"战争之神"的美誉。

现代火炮根据运动方式可分为：固定火炮（要塞炮）、机械牵引火炮和自行火炮；根据发射平台可分为：地面火炮、列车炮、舰炮和航炮；按口径大小可分为：大、中、小口径火炮；根据用途可分为：地面压制火炮、高射炮、坦克炮、航空炮、岸炮、反坦克炮等。其中压制火炮依据其弹道特性又分为：榴弹炮、加农炮、加农榴弹炮、迫击炮、火箭炮等。

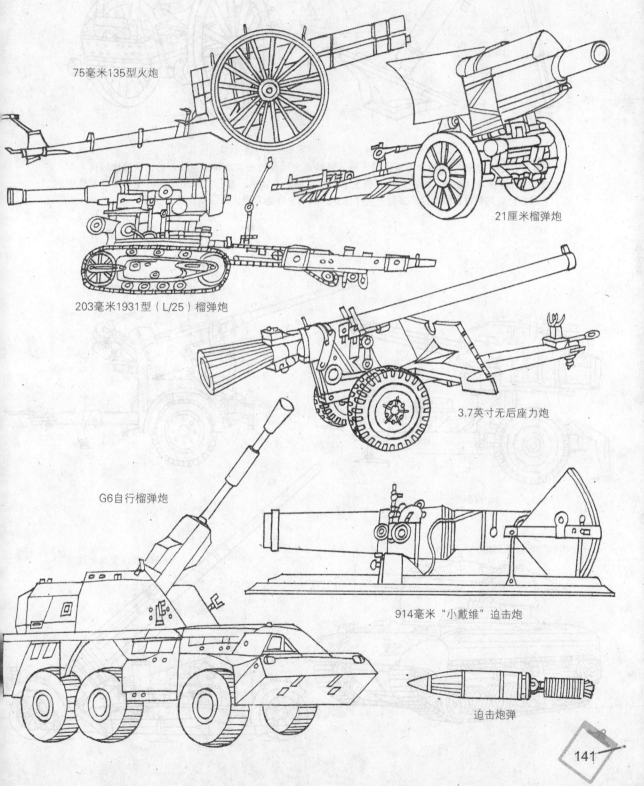

75毫米135型火炮

21厘米榴弹炮

203毫米1931型（L/25）榴弹炮

3.7英寸无后座力炮

G6自行榴弹炮

914毫米"小戴维"迫击炮

迫击炮弹

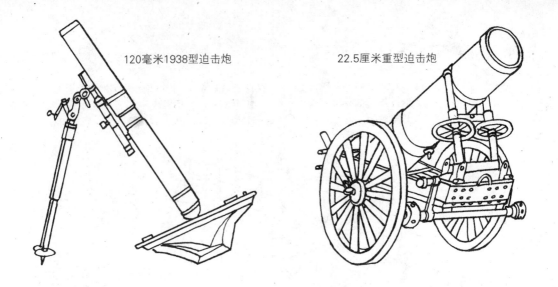

120毫米1938型迫击炮

22.5厘米重型迫击炮

高射炮，是用于射击空中目标的火炮。其特点为炮身较长，炮弹射速快，射击精度比较高，射程高度可达1万多米。此外，高射炮还具有上下、左右移动等特点。自行式高射炮的行走系统非常像坦克，它越野性能好，进出阵地快，多数有装甲防护，战场生存能力强，特别适宜协同作战。

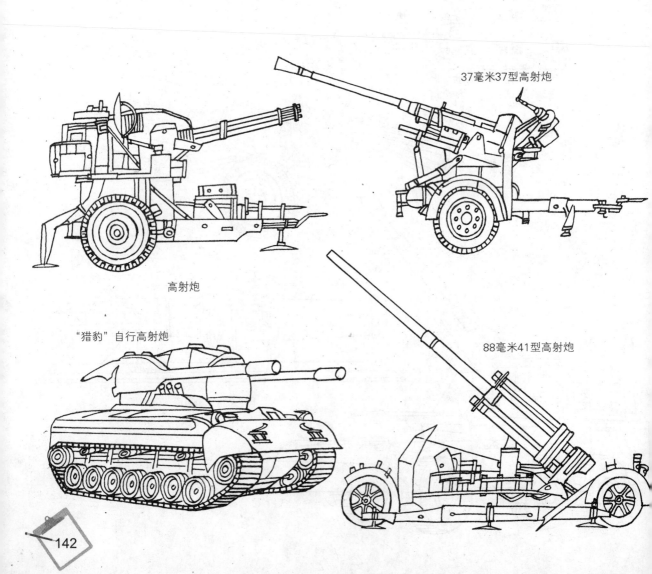

37毫米37型高射炮

高射炮

"猎豹"自行高射炮

88毫米41型高射炮

坦克，源于英文"tank"。第一次世界大战期间，交战双方为突破由堑壕、铁丝网、机枪火力点组成的防御阵地，迫切需要研制一种火力、机动、防护三者有机结合的新式武器。1915年，英国政府采纳了E.D.斯文顿的建议，利用汽车、拖拉机、枪炮制造和冶金技术，试制了坦克。1916年9月15日，有60辆"马克"I型坦克首先投入索姆河战役。当时为了保密，英国将这种新式武器说成是为前线送水的"水箱"（英文"tank"）。结果，这一名称被沿用至今。

从那时到现在，世界上已经制造了数十万辆坦克，成为各国陆军、海军陆战队和空降兵的主要作战武器。坦克是具有强大直射火力、高度越野机动性和坚固防护力的履带式装甲战斗车辆。主要用于与敌方坦克和其他装甲车辆作战，也可以压制、消灭反坦克武器，摧毁野战工事；歼灭有生力量。

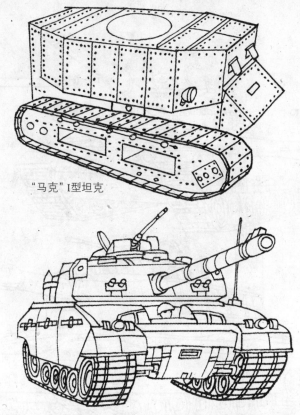

"马克"I型坦克

挑战者I主战坦克

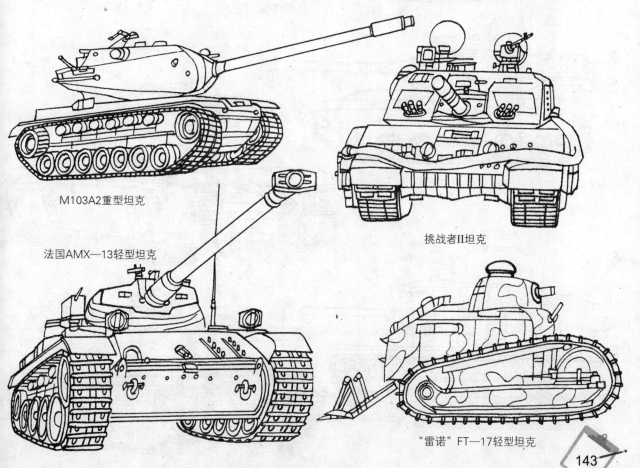

M103A2重型坦克

挑战者II坦克

法国AMX—13轻型坦克

"雷诺"FT—17轻型坦克

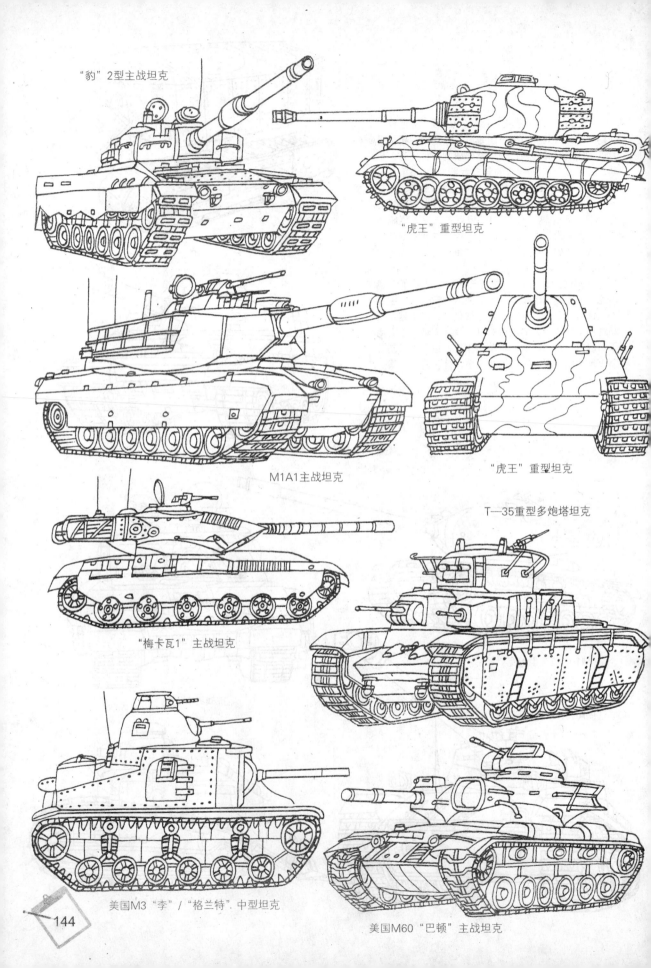

"豹"2型主战坦克

"虎王"重型坦克

M1A1主战坦克

"虎王"重型坦克

T—35重型多炮塔坦克

"梅卡瓦1"主战坦克

美国M3"李"/"格兰特".中型坦克

美国M60"巴顿"主战坦克

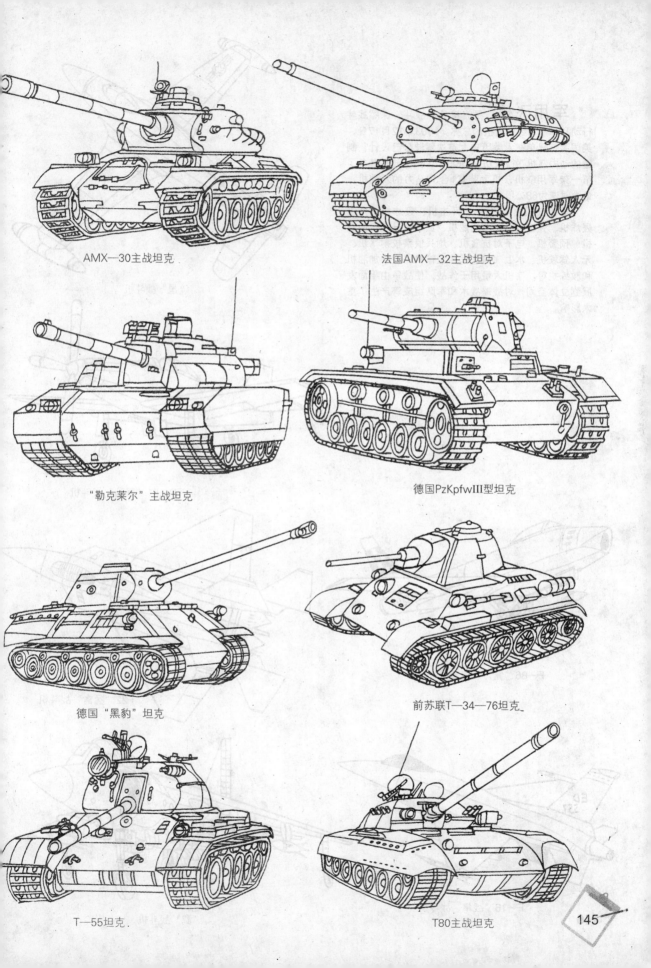

AMX—30主战坦克

法国AMX—32主战坦克

"勒克莱尔"主战坦克

德国PzKpfwIII型坦克

德国"黑豹"坦克

前苏联T—34—76坦克

T—55坦克

T80主战坦克

军用飞机，是直接参加战斗、保障战斗行动和军事训练的飞机的总称。1903年12月17日，美国莱特兄弟在人类历史上首次驾驶自己设计、制造的动力飞机飞行成功。1909年，美国陆军装备了第一架军用飞机，机上装有1台30马力的发动机，最大时速为68公里。

军用飞机主要包括：歼击机、轰炸机、歼击轰炸机、强击机、反潜巡逻机、武装直升机、侦察机、预警机、电子对抗飞机、炮兵侦察校射飞机、无人驾驶机、水上飞机、军用运输机、空中加油机和教练机等。飞机大量用于作战，使战争由平面发展到立体空间，对战略战术和军队组成等产生了重大影响。

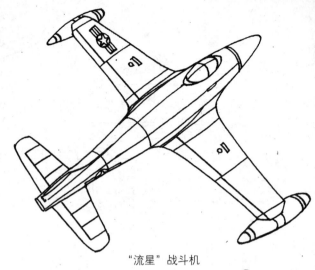

"流星"战斗机

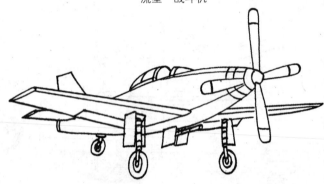

P—51"野马"战斗机

F—86"佩刀"战斗机

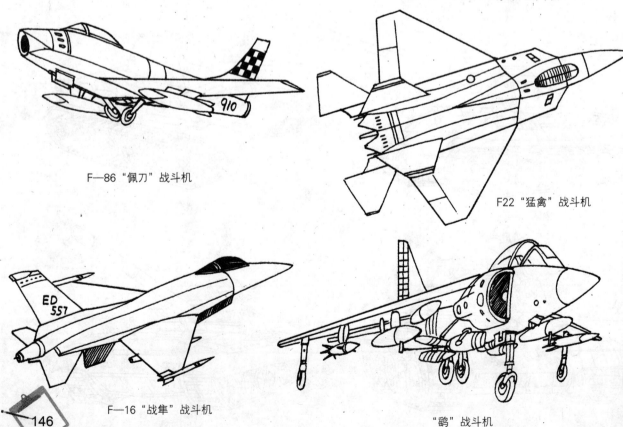

F22"猛禽"战斗机

F—16"战隼"战斗机

"鹞"战斗机

146

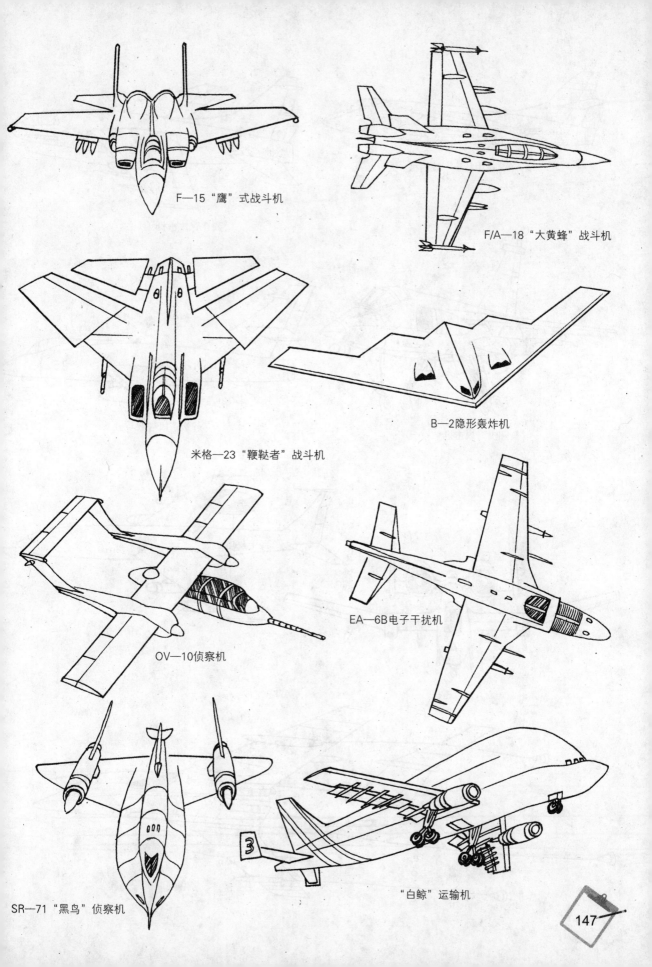

F—15 "鹰"式战斗机

F/A—18 "大黄蜂" 战斗机

B—2隐形轰炸机

米格—23 "鞭鞑者" 战斗机

OV—10侦察机

EA—6B电子干扰机

SR—71 "黑鸟" 侦察机

"白鲸" 运输机

147

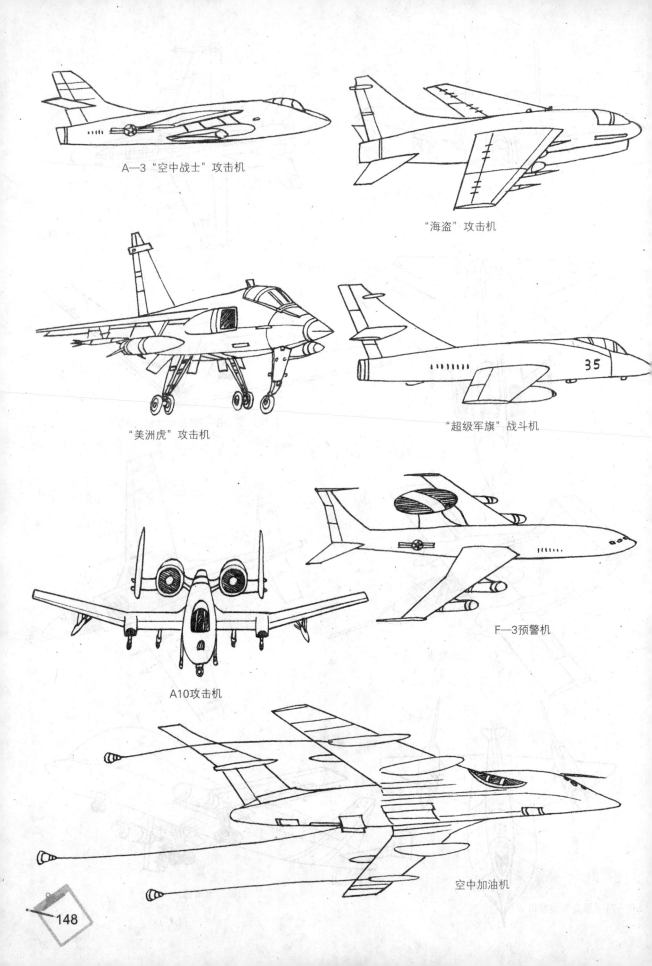

A—3 "空中战士" 攻击机

"海盗" 攻击机

"美洲虎" 攻击机

"超级军旗" 战斗机

F—3预警机

A10攻击机

空中加油机

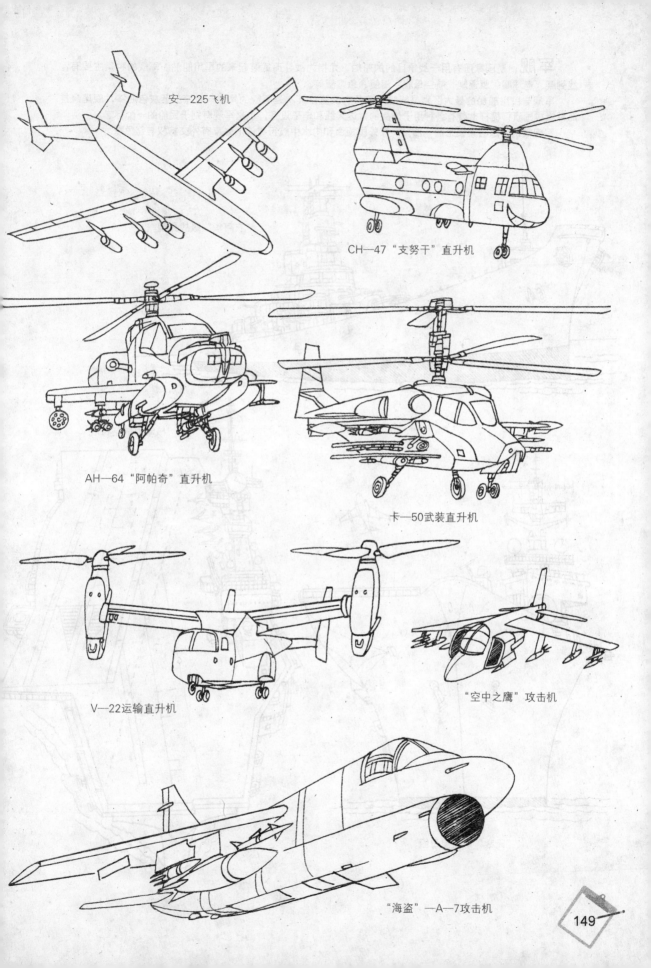

安—225飞机

CH—47"支努干"直升机

AH—64"阿帕奇"直升机

卡—50武装直升机

V—22运输直升机

"空中之鹰"攻击机

"海盗"—A—7攻击机

149

军舰，是国家所有用于战争目的的船舶，尤指为战斗而武装起来的军用船舶。军舰的种类主要有：
战列舰、巡洋舰、驱逐舰、航空母舰、潜艇、鱼雷艇等。

军舰与民用船舶的最大区别是舰艇上装备有武器；其次是军舰的外表一般漆上蓝灰色油漆，舰尾悬挂
海军旗或国旗；桅杆上装有各种用于作战的雷达天线和电子设备，也是军舰有别于民船的一个标志。

军舰被认为是国家领土的一部分，在外国领海和内水中航行或停泊时享有外交特权与豁免权。

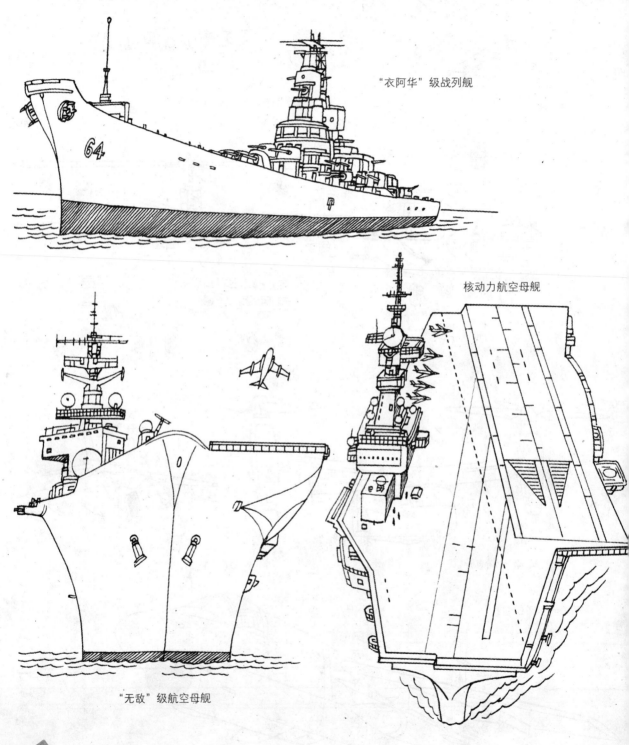

"衣阿华"级战列舰

核动力航空母舰

"无敌"级航空母舰

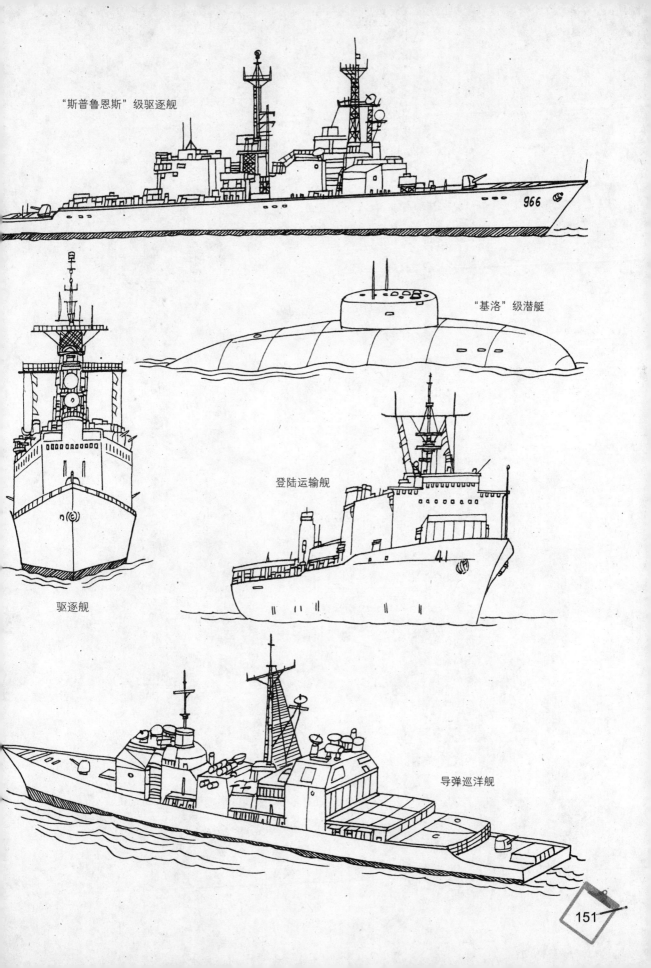

"斯普鲁恩斯"级驱逐舰

"基洛"级潜艇

登陆运输舰

驱逐舰

导弹巡洋舰

经济篇

股 票

　　股票至今已有近400年的历史，它伴随着股份公司的出现而诞生。股票融资的发展，产生了股票交易的需求；股票的交易需求，又促成了股票市场的形成和发展；而股票市场的发展，最终又促进了股票融资活动和股份公司的完善和发展。世界上最早的股份有限公司制度，诞生于1602年在荷兰成立的东印度公司。1611年，东印度公司的股东们，在阿姆斯特丹股票交易所，就进行着股票交易，并且后来有了专门的经纪人撮合交易。阿姆斯特丹股票交易所，形成了世界上第一个股票市场。

　　目前，股份有限公司已经成为最基本的企业组织形式之一；股票已经成为大企业筹资的重要渠道和方式，亦是投资者投资的基本选择方式。股票市场与债券市场已经成为证券市场的重要基本内容。

期　货

　　期货，一般是指期货合约，就是指由期货交易所统一制定的、规定在将来某一特定的时间和地点交割一定数量标的物的标准化合约。这个标的物，又叫基础资产，对期货合约所对应的现货，可以是某种商品，如铜或原油，也可以是某个金融工具，如外汇、债券，还可以是某个金融指标，如三个月同业拆借利率或股票指数。期货合约的买方，如果将合约持有到期，那么他有义务买入期货合约对应的标的物；而期货合约的卖方，如果将合约持有到期，那么他有义务卖出期货合约对应的标的物。当然，期货合约的交易者还可以选择在合约到期前进行反向买卖来冲销这种义务。

　　广义的期货概念还包括了交易所交易的期权合约。大多数期货交易所同时上市期货与期权品种。

牛市与熊市

所谓"牛市"，也称多头市场，指市场行情普遍看涨，延续时间较长的大升市。所谓"熊市"，也称空头市场，指行情普遍看淡，延续时间相对较长的大跌市。

牛市和熊市可以各自分为三个不同期间。

牛市第一期：与熊市第三期的一部分重合，往往是在市场最悲观的情况下出现的。大部分投资者对市场心灰意冷，即使市场出现好消息也无动于衷，很多人开始不计成本的抛出所有的股票。

牛市第二期：这时市况虽然明显好转，但熊市的惨跌使投资者心有余悸。市场出现一种非升非跌的僵持局面，股价力图上升。

牛市第三期：经过一段时间的徘徊后，股市成交量不断增加，越来越多的投资人进入市场。同时，炒股热浪席卷社会各个角落，各行各业、男女老幼均加入炒股大军。当这种情况达到某个极点时，市场就会出现转折。

熊市第一期：其初段就是牛市第三期的末段，往往出现在市场投资气氛最高涨的情况下，这时市场绝对乐观，投资者对后市变化完全没有戒心。在这个时期，当股价下跌时，许多人仍然认为这种下跌只是上升过程中的回调。其实，这是股市大跌的开始。

熊市第二期：这一阶段，股票市场一有风吹草动，就会触发"恐慌性抛售"。一方面市场上热点太多，想要买进的人反因难以选择而退缩不前，处于观望。另一方面更多的人开始急于抛出，加剧股价急速下跌。

熊市第三期：股价持续下跌，但跌势没有加剧，而这时由于市场信心崩溃，下跌的股票集中在业绩一向良好的蓝筹股和优质股上。这一阶段正好与牛市第一阶段的初段吻合，有远见和理智的投资者会认为这是最佳的吸纳机会，这时购入低价优质股，待大市回升后可获得丰厚回报。

纳斯达克

纳斯达克（NASDAQ），是美国全国证券交易商协会于1968年创建的自动报价系统名称的英文简称。目前的上市公司有5 200多家。纳斯达克又是全世界第一个采用电子交易的股市，它在55个国家和地区设有26万多个计算机销售终端。

纳斯达克指数，是反映纳斯达克证券市场行情变化的股票价格平均指数，基本指数为100。纳斯达克的上市公司涵盖所有新技术行业，包括软件和计算机、电信、生物技术、零售和批发贸易等。世人瞩目的微软公司，便是通过纳斯达克上市并获得成功的。

艾伦·格林斯潘，1926年出生于美国，美国联邦储备委员会前主席。金融界评说："格林斯潘一开口，全球投资人都要竖起耳朵"，"格林斯潘打个喷嚏，全球投资人都要伤风。"作为中央银行的美国联邦储备委员会，简称"美联储局"。1987年至2005年，在格林斯潘任美联储主席的18年里，见证了美国持续时间最长的经济繁荣，所以很多人都认为，美国经济只要由他掌舵就能一直欣欣向荣。

格林斯潘漫画像

巴菲特漫画像

沃伦·巴菲特，1930年出生于美国，伯克希尔·哈撒韦公司董事长。他是有史以来最伟大的投资家，他依靠股票、外汇市场的投资，成为世界上数一数二的富翁。他倡导的价值投资理论风靡世界。巴菲特将其归结为三点：一是把股票看成许多微型的商业单元；二是把市场波动看作你的朋友而非敌人（利润有时候来自对朋友的愚忠）；三是购买股票的价格应低于你所能承受的价位。"从短期来看，市场是一架投票计算器。但从长期看，它是一架称重器。"事实上，掌握这些理念并不困难，但是很少有人能像巴菲特一样数十年如一日地坚持下去。

乔治·索罗斯，1930年出生于匈牙利，LCC索罗斯基金会主席，号称"金融天才"。1969年索罗斯建立了"量子基金"，他创下了令人难以置信的业绩，令华尔街的同行望尘莫及。他好像具有一种超能的力量左右着世界金融市场。

也有人将索罗斯称为"金融杀手"、"魔鬼"。他所率领的投机资金在金融市场上兴风作浪，翻江倒海，刮去了许多国家的财富。掏空了成千上万人的腰包，使他们一夜之间变得一贫如洗，故而成为众矢之的。

他虽然是一个有争议的人，但他又是一个极具影响力的人。

索罗斯漫画像

威廉·江恩是20世纪最著名的投资大师。江恩于1878年6月6日出生于美国得克萨斯州，在其投资生涯中，成功率高达80%—90%。他结合其在股票和期货市场上的骄人成绩和宝贵经验，提出了著名的江恩理论。

江恩理论是以研究测市为主的，通过数学、几何学、宗教、天文学的综合运用，建立的独特分析方法和测市理论。它的实质就是在看似无序的市场中建立了严格的交易秩序，其中包括江恩时间法则、江恩价格法则、江恩线等，可以用来发现何时价格发生回调和回调到什么价位。

江恩漫画像

艾略特漫画像

拉尔夫·纳尔逊·艾略特是美国著名的证券分析家。艾略特利用道琼斯工业指数平均作为研究工具，发现不断变化的股价结构性形态反映了自然和谐之美。根据这一发现，他提出了一套相关的市场分析理论，精炼出市场的13种形态或谓波。在市场上，这些形态重复出现，但是出现的时间间隔及幅度大小并不一定具有再现性。他提出了一系列权威性的演绎法则，用来解释市场的行为，并特别强调波动原理的预测价值。这就是久负盛名的艾略特波段理论，又称波浪理论。

本杰明·格雷厄姆1894年5月9日出生于英国伦敦。在他还是婴儿的时候，伴随着美国的淘金热潮，随父母移居美国纽约。1914年，格雷厄姆以荣誉毕业生和全班第二名的成绩从哥伦比亚大学毕业。

股市向来被人视为精英聚集之地，华尔街则是衡量一个人智慧与胆识的决定性场所。格雷厄姆在华尔街经历了成功也惨遭重创。在苦苦支撑时期，格雷厄姆终于在1934年底完成了《有价证券分析》这部划时代的著作，并由此奠定了他作为一个证券分析大师和"华尔街教父"的地位。如今，活跃在华尔街的数十位掌控上亿资金的投资管理人，都自称为格雷厄姆的信徒，其中就包括投资大师巴菲特。

格雷厄姆漫画像

金融危机

金融危机，是指一个国家或几个国家与地区的全部或大部分金融指标（如：短期利率、货币资产、证券、房地产、土地价格、商业破产数和金融机构倒闭数）的急剧、短暂和超周期的恶化。其特征是人们基于经济未来将更加悲观的预期，整个区域内货币值出现幅度较大的贬值，经济增长受到打击。往往伴随着企业大量倒闭，失业率提高，社会普遍的经济萧条，甚至有些时候伴随着社会动荡或国家政治局面的动荡。

道琼斯公司

道琼斯公司，是世界一流的商业财经信息提供商，同时也是重要的新闻媒体出版集团，总部在美国纽约，旗下拥有报纸、杂志、通讯社、电台、电视台和互联网服务。道琼斯编发的股票价格指数更是家喻户晓。

道琼斯编制发布4 000多种指数，其中包括道琼斯工业股票平均价格指数（即闻名于世的道琼斯指数）、道琼斯全球股票指数、道琼斯互联网股票指数等。

道琼斯公司成立至今，始终坚持新闻报道上的公正性、独立性、为读者提供准确的、公正的、不偏不倚的新闻和信息，并将读者的信任置于至高无上的地位。

科幻篇

外国科幻动漫

一般认为科幻作品是："用幻想艺术的形式，表现科学技术远景或者社会发展对人类的影响。"其中正统科幻迷主张科学与幻想缺一不可。倘若没有任何科学根据，则只能归为奇幻、魔幻或超现实作品。

当然，也有许多人从更广泛的角度认为："只要作品中含有超现实因素，便可算作科幻作品。"无论如何，科幻作品在动漫中占有不可忽视的重要地位。

科幻动漫人物造型

167

175

不少科幻动漫作品中，经常将一些冰冷的机械赋于人的形象以及性格特征。这就是运用了拟人化的艺术手法。

在以下这些汽车动漫造型中，我们可以看到作者是如何将汽车形体与人的面部特征结合在一起的。使观者感受到这些汽车仿佛已经具备了人类的喜、怒、哀、乐；并以此为基础，发展出曲折、生动的精彩故事。

同样的拟人化手法，在动物、植物的造型上也大量得到运用。

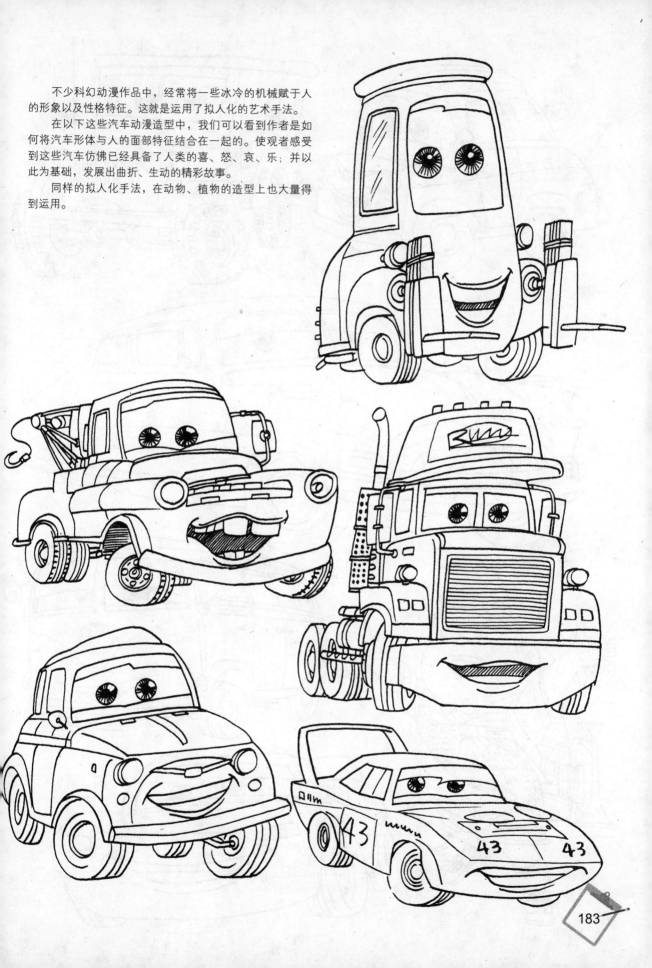

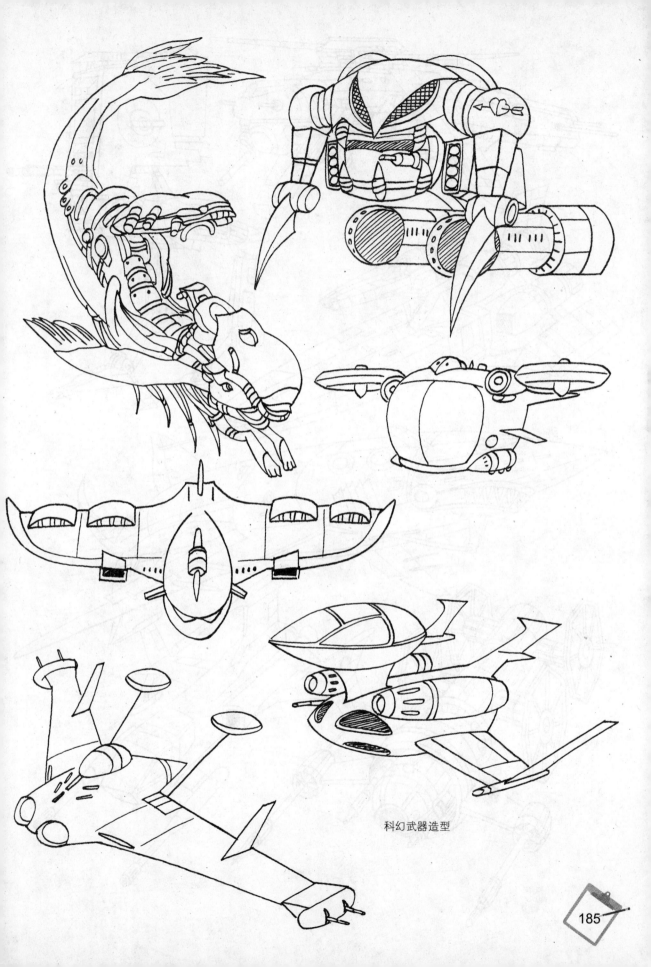

科幻武器造型

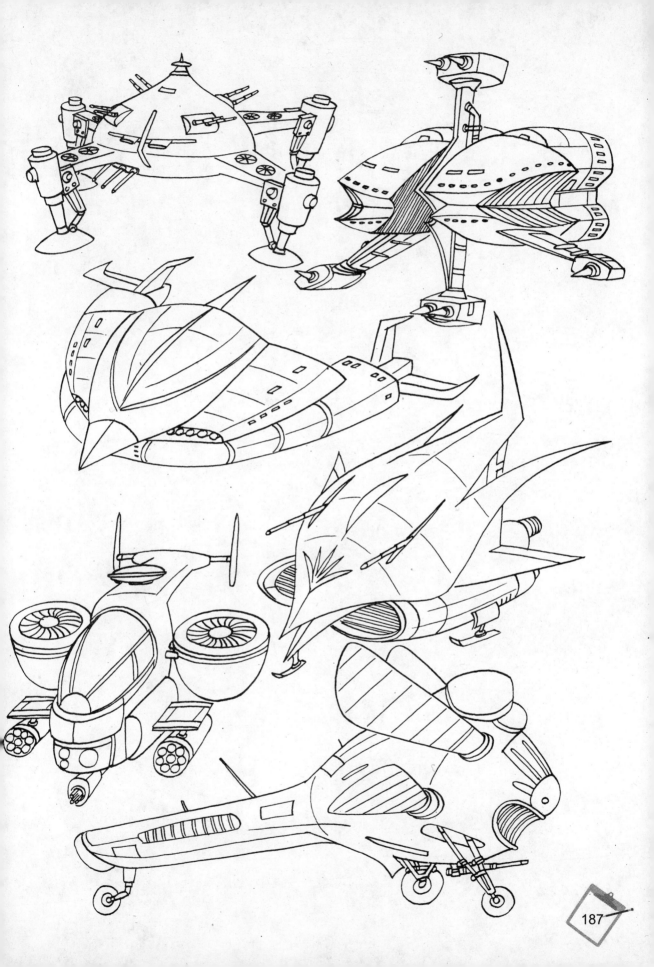